KB244175

위대한 개츠비

세계문학산책 40
위대한 개츠비

지은이 F. 스콧 피츠제럴드
옮긴이 붉은여우
펴낸이 안용백
펴낸곳 (주)넥서스

초판 1쇄 인쇄 2013년 5월 15일
초판 1쇄 발행 2013년 6월　1일

출판신고 1992년 4월 3일 제311-2002-2호
121-840 서울시 마포구 서교동 394-2
Tel (02)330-5500 Fax (02)330-5555
ISBN　978-89-6790-158-5　04800

가격은 뒤표지에 있습니다.
잘못 만들어진 책은 구입처에서 바꾸어 드립니다.

www.nexusbook.com
지식의숲은 (주)넥서스의 인문교양 브랜드입니다.

세계문학산책 40
지식의숲

F. 스콧 피츠제럴드

위대한 개츠비

붉은여우 옮김　김욱동 해설

지식의숲

제 1 장

지금보다 어리고 쉽게 상처받던 시절, 나는 아버지에게 들었던 충고를 아직도 마음속 깊이 새기고 있다.

"남을 비판하고 싶을 때면 언제나 명심하거라. 이 세상 사람이 다 너처럼 유리한 입장에 서 있지 않다는 걸 말이다."

우리 부자는 언제나 신기할 정도로 말없이도 서로 통하는 데가 있었다. 나는 아버지의 충고에 많은 뜻이 함축되어 있음을 알고 있었다. 그래서 나는 모든 일에 판단을 미루는 버릇이 생겼는데, 그 때문에 이상한 사람들이 자주 접근해 와서 적잖이 시달렸다. 비정상적인 사람들은 정상적인 사람에게 그런 특성이 나타나면 재빨리 알아차리고 달라붙는다. 그래서 대학에 다닐 때는 어이없게도 정치적이라는 비난을 받았는데, 잘 알지 못하는 난폭한 녀석들의 비밀을 알기 때문이었다. 대부분은 내가 원하지도 않는데 찾아와 속마음을 털어놓았다. 그래서 그들이 은밀한 고백을 털어놓겠다 싶으면, 자는 척하거나 뭔가에 몰두한 척하거나 아니면 일부러 경박하게 굴었다. 젊은이들의 은밀한 고백이나 그것을 표현하는 언어는 흔히 남의 말을 표절한 것이고, 그것을 억지로 숨기려고 하기 때문에 대개 흠이 있었다.

나는 이제 더 이상 특권을 지닌 시선으로 인간의 마음을 소란스럽게 읽고 싶지 않았다. 오직 이 책에 이름을 제공한 개츠비만이 내가 이런 식으로 반응하지 않는 예외적인 존재였다. 개츠비는 내가 드러내 놓고 경멸해 마지않는 모든 것을 대변하는 인물이었다. 그러나 개성이 일련의 성공적인 몸짓이라면 그는 뭔가 멋진 것, 마치 1만 마일 밖에서 일어나는 지진을 감지하는 복잡한 기계와 연결되기라도 한 것처럼 삶의 가능성에 예민한 감수성을 지니고 있었다. 그런 민감성은 '창조적 기질'이라는 이름으로 미화되는 맥 빠진 감수성과는 전혀 차원이 달랐다. 희망에 대한 탁월한 재능이요, 다른 어떤 사람에게서도 발견된 적이 없고 다시는 발견할 수 없을 것 같은 낭만적인 민감성이었다. 아니, 결국 개츠비는 옳았다. 내가 잠시나마 인간의 짧은 슬픔이나 숨 가쁜 환희에 대해 흥미를 잃어버렸던 것은 개츠비를 희

생물로 이용한 것들, 개츠비의 꿈이 지나간 자리에 떠도는 더러운 먼지 때문이었다.

　우리 집안은 이곳 중서부 도시에서는 삼대에 걸쳐 꽤 이름이 알려져 있는 부유한 집안이다. 캐러웨이 가문이 버클루 공작의 후예라는 말도 있다. 그러나 우리 가문의 실제 창시자는 할아버지의 형님으로, 1851년에 이곳에 와서 남북 전쟁 때 대리인을 전쟁터에 내보내고 철물 도매업을 시작했는데, 그 사업은 지금 아버지가 계승하고 있다.

　큰할아버지를 뵌 적은 한 번도 없지만 나는 그분을 닮았다고 한다. 특히 아버지 사무실에 걸려 있는, 어딘지 무뚝뚝하게 그려진 초상화를 보면 말이다. 나는 1915년에, 그러니까 아버지보다 꼭 이십오 년 늦게 뉴헤이번에 있는 학교를 졸업했고, 얼마 안 되어 제1차 세계 대전으로 알려진 때늦은 게르만 민족의 대이동에 참가했다. 미국의 역습을 너무나 많이 경험했던 나는 고향에 돌아와서도 안정을 찾을 수가 없었다. 중서부 지방은 이제 활기찬 세계의 중심지가 아니라 우주의 남루한 변두리 같았다. 그래서 동부로 가서 증권업을 배우기로 결심했다. 내가 아는 사람들이 하나같이 증권업에 종사하고 있어서 독신자 하나쯤은 더 먹여 살릴 수 있으리라고 생각했다. 친척 아주머니와 아저씨들은 마치 나에게 대학 예비 학교라도 골라 주듯 의논하더니 마침내 매우 엄숙한 얼굴로 마지못해 말했다.

"뭐……, 괜찮겠지."

아버지가 일 년 동안 재정적인 뒷받침을 해 주기로 했고, 미루고 미루다가 1922년 봄 영원히 머물 작정으로 동부로 왔다. 친구가 통근할 수 있는 곳에 집을 얻어 같이 사는 게 어떠냐고 제안했을 때, 그게 좋겠다는 생각이 들었다. 그는 월세 80달러짜리 판지 방갈로를 구했으나, 정작 그 집으로 들어가려고 하자 그가 워싱턴으로 발령을 받는 바람에 나는 혼자서 이사할 수밖에 없었다. 나는 그 집에서 며칠 후에 도망가 버린 개 한 마리와 낡은 다지 자동차 한 대, 그리고 핀란드 인 가정부 한 명과 함께 지냈다.

"웨스트에그에는 어떻게 갑니까?"

어느 날 아침, 누군가가 나를 붙잡고 막막하다는 듯이 길을 물었다. 나는 길을 가르쳐 주고 나서 더 이상 외롭지 않다는 것을 깨달았다. 나는 안내자요, 길잡이며 초기 개척자였다. 뜻하지 않게 그 사람은 내가 이 마을의 한 식구가 되었음을 알려 주었다.

내가 북아메리카 대륙에서 가장 별난 지역에 집을 얻은 것은 우연이었다. 그 집은 뉴욕 시에서 정동으로 뻗어 나간 가느다랗고 떠들썩한 섬에 있었는데, 거기엔 특히 유별난 두 지형이 있다. 거대한 달걀 모양의 이 두 지형은 작은 만으로 갈라져 롱아일랜드 해협으로 튀어나와 있었다. 완전한 타원형은 아니지만 워낙 서로 닮아서 갈매기들도 신기해 할 정도이다. 내가 살고 있던 웨스트에그는 이스트에그에 비해 상류 사회다운 모습이 덜했다. 내가 사는 집은 한 철에 1만 2천 달러에서 1만 5천 달러를 줘야 빌릴 수 있는 거대한 두 저택 사이에 끼어 있었다.

오른편에는 엄청난 저택이 있었다. 노르망디 시청을 그대로 본뜬 것으로, 한쪽에는 담쟁이덩굴로 뒤덮인 지은 지 얼마 되지 않은 듯한 탑과 대리석 풀장, 그리고 무려 40에이커가 넘는 잔디밭과 정원이 딸려 있었다. 바로 개츠비의 저택이었다. 그때는 아직 개츠비를 모르고 있었기 때문에, 그런 이름을 가진 신사가 살고 있는 저택이었다고 해야 옳다. 그래서 나는 바다와 이웃집 잔디밭 한 모퉁이를 바라볼 수 있었고, 백만장자들과 가까이 산다는 위안을 느끼고 있었다. 한 달에 80달러를 지불하고 이 모든 것을 누릴 수 있었다.

맞은편에는 해변을 따라 상류 사회인 이스트에그의 하얀 저택들이 번쩍이며 서 있었다. 그리고 그해 여름의 역사는 내가 톰 뷰캐넌 부부와 함께 저녁을 먹기 위하여 찾아간 날부터 시작된다. 데이지는 내 먼 친척 여동생뻘이었고, 톰은 대학 시절부터 알고 지내던 사이였다.

데이지의 남편 톰 뷰캐넌은 운동에 재능이 있었다. 특히 예일 대의 풋볼 선수 중 가장 훌륭한 엔드(최전선의 양쪽 끝 선수) 중 의 하나였다. 집안은 굉장히 부유했지만, 시카고를 떠나 남들 이 보면 입이 딱 벌어질 정도로 폼을 잡으려 동부로 왔다. 그들 은 별다른 이유 없이 프랑스에서 한 해를 보냈고, 사람들이 폴 로 경기를 하고 부를 과시하는 곳이라면 어디든 찾아다니며 즐 겼다. 이사할 때마다 데이지는 이번이 마지막이라고 했지만, 나 는 믿지 않았다. 톰이 다시 맛볼 수 없는 풋볼 경기의 드라마틱 한 격정을 부러운 듯이 좇으며 영원히 방황하리라는 것을 느낄 수 있었다.

그래서 나는 별로 친하지 않은 두 옛 친구를 만나기 위해 이 스트에그로 차를 몰았다. 저택은 내가 예상했던 것 이상으로 공 들여 만든 집이었다. 조지 왕조 식민지 시대풍으로, 붉은색과 흰색으로 장식된 쾌적해 보이는 그 집은 만이 내려다보이는 곳 에 있었다. 승마복을 입은 톰은 현관에 서 있었다.

무뚝뚝하게 생긴 입과 교만한 태도에 밀짚 색깔의 머리카락 을 지닌 서른 살의 건장한 남자였다. 거만하게 번뜩이는 두 눈 이 두드러졌는데, 이 때문에 공격적으로 몸을 앞으로 기울이고 있다는 인상을 주었다. 신고 있는 반들거리는 부츠는 부풀어 올라 맨 위쪽 끈이 팽팽해질 정도였고, 얇은 외투 아래로 어깨가 움직일 때는 우람한 근육이 꿈틀거렸다. 거대한 지렛대의 힘을 가진, 한마디로 대단한 체격이었다. 톤이 높은 거친 음성은 인상을 더욱 강하게 했다. 우리는 같은 사교 클럽에 있었는데, 친하게 지내지는 않았지만 그는 나를 인정하였다. 자신이 사납고 도전적이긴 하지만 나한테만큼은 호감을 샀으면 하는 인상을 풍겼다.

"여긴 살기 좋은 곳이지."

그는 끊임없이 주위를 두리번거리며 말했다.

"이 집은 석유 재벌 드메인의 소유였어."

우리는 천장이 높은 복도를 지나 밝은 장밋빛 방으로 들어갔다. 방 안에는 젊은 여자 둘이 엄청나게 큰 긴 의자에 앉아 있었다. 두 여자 중 젊은 쪽은 처음 보는 사람이었다. 그녀는 곁눈질로 나를 보았는지도 모르겠지만 내색은 전혀 하지 않았다. 이렇게 갑자기 들어와서 죄송하다고 얼떨결에 그녀에게 작은 소리로 사과할 뻔했다. 데이지가 매력적인 웃음을 살짝 지었고, 나역시 웃으며 방 안으로 들어갔다.

"너무 행복해서 몸이 다 마비될 지경이에요."

그녀는 귓속말로 저 여자의 성이 베이커라고 일러 주었다. 베이커 양은 떨리는 입술로 거의 알아볼 수 없을 정도로 고개를 끄덕였다. 또다시 죄송하다는 말이 입에서 맴돌았다. 다시 낮고 떨리는 목소리로 이런저런 일을 물어보는 친척 여동생을 바라보았다. 나는 동부로 오는 길에 시카고에 들러 하룻밤 머물렀는데, 열 명도 넘는 사람이 그녀에게 안부를 전해 달라고 부탁하더라는 이야기를 했다.

"그 사람들이 저를 그리워하던가요?"

"시내 전체가 텅 빈 것 같아. 차는 모두 왼쪽 뒷바퀴를 장례식 화환처럼 검게 칠하고, 노스쇼어를 따라서는 밤새도록 통곡 소리가 들리던데."

"정말로 굉장하네요! 톰, 우리 돌아가요. 내일이라도요!"

그러고 나서 엉뚱하게도 이렇게 덧붙였다.

"우리 아기를 봐야지요. 지금 자고 있어요. 올해 두 살이에요. 아직 한 번도 보지 못했죠?"

"아직 못 봤지."

"그럼 꼭 보셔야 해요. 그 애는요……."

불안하게 방 안을 왔다 갔다 하던 톰은 발걸음을 멈추고 내 어깨에 손을 얹었다.

"닉, 무슨 일을 하고 있나?"

"증권 일을 하고 있어."

"어느 회사에서?"

나는 회사 이름을 말해 주었다.

"들어 본 적 없는 회사인데."

그는 단호하게 말했다. 나는 이런 말투에 화가 났다.

"앞으로 알게 될 거야. 네가 계속 동부에 머물러 있는다면 말이지."

"아, 난 계속 여기 있을 거니까 염려할 것 없네."

그는 뭔가 경계하는 듯한 눈빛으로 데이지를 힐끗 쳐다보더니 나에게 눈을 돌리며 말했다.

"빌어먹을 바보가 아닌 다음에야 여기 말고 다른 데서 살 리가 있나."

"그렇고말고요!"

베이커 양이 너무나 갑자기 말하는 바람에 나는 깜짝 놀랐다. 내가 이 방에 들어온 뒤로 그녀가 처음으로 한 말이었다. 하품을 하다가 능숙한 동작으로 재빨리 의자에서 일어나 방 가운데 서 있는 것으로 보아 스스로도 놀란 것이 틀림없었다.

"몸이 뻣뻣해졌어요. 저 소파에 너무 오랫동안 누워 있었나 봐요."

"나를 쳐다보지 마. 난 오후 내내 널 뉴욕에 데려가려고 애썼잖아."

데이지가 대꾸했다.

베이커 양은 방금 가져온 칵테일을 쳐다보며 말했다.

"안 마실래요. 난 지금 컨디션 최고거든요."

손님을 대접하려던 톰은 믿어지지 않는다는 듯 그녀를 쳐다보았다.

"당신이 어떻게 일을 해내는지 모르겠단 말씀이야."

나는 베이커 양을 쳐다보면서 그녀가 '해내는' 일이 과연 무엇일까 생각해 보았다. 몸매가 날씬하고 가슴이 작았는데, 마치 사관생도처럼 어깨를 뒤로 쫙 펴고 있어 꼿꼿한 자세가 더욱 두드러져 보였다. 창백한 얼굴은 매력적이었지만 어딘가 불만 섞인 표정이었다. 어디선가 그녀를 보았거나 아니면 사진이라도 본 것 같다는 생각이 뇌리를 스쳐 갔다.

"웨스트에그에 사신다고요?"

그녀는 경멸하는 조로 말했다.

"제가 아는 사람도 그곳에 살아요. 개츠비란 사람을 아실 텐데요."

"개츠비라고? 어떤 개츠비 말이야?"

데이지가 물었다. 이웃에 사는 사람이라고 미처 대답하기도 전에 저녁 식사가 준비되었다는 소리가 들려왔다. 탁자 위의 촛불 네 개가 잦아든 바람 속에 간들거리고 있었다.

"이제 두 주일만 있으면 일 년 중 낮이 가장 긴 날이 돼요. 줄

곧 기다리다가 막상 그날이 오면 깜빡 잊고 그냥 지나쳐 버리지 않아요?"

"뭔가 계획을 세워야겠어."

베이커 양이 잠자리에라도 들려는 사람처럼 테이블 앞에서 하품을 하며 말했다.

"좋아, 무슨 계획을 세울까?"

데이지는 어쩔 수 없다는 듯이 내 쪽을 바라보았다. 이따금 베이커 양과 데이지는 이야기를 나눴는데, 색다른 화제도 없이 주고받는 시시한 대화는 단순히 잡담이라고 하기에도 어려웠다. 그들은 그저 그 자리에 있으면서 오직 예의 바르고 유쾌하게 대접하고 대접받으려 애썼다. 나는 코르크 냄새가 나긴 하지만 꽤 괜찮은 적포도주를 두 잔째 마시면서 고백했다.

"넌 농작물 재배라든가 뭐, 그런 얘기는 할 수 없는 거니?"

특별한 의도를 갖고 한 말이 아니었는데 그 말은 엉뚱한 뜻으로 받아들여졌다.

"자네, 고더드라는 사람이 쓴 《유색 인종 제국의 발흥》이라는 책 읽어 봤나?"

"아니, 못 읽어 봤는데."

그의 말투에 약간 놀라며 내가 대답했다.

"저런, 모두 읽어 봐야 할 책이야. 만일 우리 백인종이 조심하지 않으면 완전히 침몰해 버리고 만다는 거야. 모두 과학적인 얘기들이야. 뒷받침할 만한 증거가 있지.”

“톰은 요즈음 점점 심각해져 가고 있어요. 긴 단어가 나오는 심각한 책만 읽어요. 그게 무슨 단어였지요. 우리가……?”

“글쎄, 모두 과학적인 책이라니까.”

톰이 조바심이 나는 듯 그녀를 쳐다보았다. 그때 전화벨이 울렸다. 집사가 현관에서 사라지자 데이지는 그 틈을 타 말을 꺼냈다.

“우리 집 비밀 한 가지를 말해 줄게요. 집사의 코에 관한 건데요, 한번 들어 보실래요?”

“바로 그 얘기를 들으러 왔지.”

“저 사람은 원래 집사가 아니었어요. 뉴욕에서 은그릇 닦는 일을 했는데, 그를 고용한 사람들은 이백 명분의 은그릇을 갖고 있었대요. 아침부터 밤까지 그릇을 닦다가 마침내 그의 코에 영향이 미치기 시작해서…….”

“상태가 점점 안 좋아졌군.”

베이커 양이 끼어들었다.

“그런 셈이지. 증상이 점점 악화되어 결국 그 일자리를 그만두게 되었대요.”

집사가 돌아와 톰의 귀에 입을 바짝 대고 뭔가 속삭였다. 그러자 톰은 얼굴을 찡그리며 한마디 말도 없이 집 안으로 들어 갔다. 그가 자리를 뜨자 무엇인가에 자극받은 듯 데이지는 다시 몸을 앞으로 숙였고, 달아오른 목소리로 노래하는 듯했다.

"오빠, 이렇게 우리 집에서 식사하게 되어 반가워요. 오빠를 보면 저는 늘 생각나는 게 있어요. 한 떨기 장미, 순수한 장미 말 이에요. 안 그래?"

그녀는 동의를 구하려고 베이커 양 쪽으로 얼굴을 돌렸다. 그 리고 돌연 실례한다고 말하고는 집 안으로 들어가 버렸다. 저쪽 방에서 격앙된 감정을 억누른 듯한 목소리가 들려오자, 베이커 양은 몸을 숙여 그 말을 엿들으려 했다. 중얼거리는 목소리는 줄곧 흥분과 격앙으로 오르락내리락하더니 뚝 그쳐 버렸다.

"무슨 일이라도 일어나고 있는 겁니까?"

내가 순진하게 물었다.

"그럼 아직도 모르신단 말이에요? 모두 아는 줄 알았는데요. 톰은 뉴욕에 여자가 있어요."

"여자가 있다구요?"

나는 멍한 표정을 지으며 되풀이했다. 그러자 베이커 양은 고 개를 끄덕였다.

"저녁 식사 때 전화를 걸지 않는 예의 정도는 있어야 하는데. 그렇게 생각하지 않으세요?"

그녀가 무슨 말을 하는 것인지 미처 깨닫기도 전에 옷이 펄럭이는 소리와 가죽 부츠가 저벅거리는 소리가 나더니 톰과 데이지가 다시 식탁으로 돌아왔다.

"잠시 바깥을 내다보았어요. 잔디밭에 새가 한 마리 앉아 있었는데, 제 생각으로는 커나드나 화이트스타 해운 회사 편에 건너온 나이팅게일이 틀림없어요. 그 새가 노래하며 날아가 버렸는데 아주 낭만적이었어요. 톰, 그렇지 않아요?"

"아주 낭만적이었지. 저녁을 먹고 난 뒤에 자네에게 마구간을 구경시켜 주고 싶어."

집 안에서 다시 갑작스럽게 전화벨이 울렸고, 즉시 데이지가 톰을 향해 단호하게 고개를 흔들자, 마구간에 관한 화제뿐 아니라 사실상 모든 화제가 허공으로 날아가 버리고 말았다.

톰과 베이커 양은 시체 옆에서 밤을 새우러 가는 사람들처럼 서재로 들어갔다. 나는 귀가 잘 안 들리는 척하며 즐거운 듯 보이려고 애쓰면서 데이지를 따라 정문 현관으로 갔다. 으슥한 어둠 속에서 우리는 고리버들로 만든 의자에 나란히 앉았다. 데이지는 예쁜 이목구비를 느껴 보려는 것인지 두 손으로 얼굴을 감쌌고, 벨벳 같은 어스름 쪽으로 시선을 옮겼다. 격렬한 감정에 사로잡혀 있다는 것이 느껴지자 나는 그녀의 딸에 관해 물었다.

"우리는 친척이지만 서로를 잘 모르고 있어요. 오빠는 제 결혼식에도 오지 않았잖아요."

"아직 전쟁터에서 돌아오기 전이었으니까."

"정말 그렇군요. 오빠, 그동안 전 너무 힘들었어요. 그래서 모든 일에 냉소적이 되었죠."

그녀에게는 분명히 그럴 만한 까닭이 있어 보였다. 하지만 그녀는 더 이상 아무 말도 하지 않았고, 얼마가 지난 뒤 나는 힘없이 그녀의 딸 이야기를 다시 꺼냈다.

"이젠 제법 말도 할 줄 알고, 그리고…… 밥도 먹고 별짓을 다 하겠군."

그녀는 얼빠진 듯이 나를 바라보았다.

"오빠, 그 애를 낳았을 때 내가 뭐라고 했는지 들어 볼래요? 그 얘기를 들으면 지금 제 기분이 어떤지 아실 거예요. 글쎄, 아이를 낳은 지 한 시간도 되지 않았는데 톰이 어디 있는지 알 수가 없는 거예요. 완전히 버려진 것 같았어요. 간호사한테 바로 그 애가 아들인지 딸인지 물어봤어요. 딸이라는 말에 고개를 돌리고 울었어요. '괜찮아, 딸이라서 좋아. 이 애가 커서 바보가 되었으면 좋겠어. 계집애라면 그런 편이 좋아. 아름답고 귀여운 바보 말이야.' 하고 혼자서 위로했지요. 제가 모든 걸 끔찍하게 생각한다는 거 아시겠지요. 모두들 그렇게 생각해요. 진보적인 사람들도 말예요. 그리고 전 안 가 본 데도, 못 본 것도, 안 해 본

일도 없어요. 닳고닳은 거예요. 맙소사! 전 아주 닳고닳은 여자라고요!"

그녀는 톰을 닮은 듯한 도전적인 태도로 주위를 둘러보고는 섬뜩한 경멸의 빛을 띠고 웃었다. 나는 그녀가 한 말이 진실하지 못하다고 느꼈다. 마치 오늘 저녁 시간 내내 자신에게 유리한 감정을 이끌어 내려는 속임수였던 것 같아 마음이 불편했다.

집 안에 들어서자 방 안은 꽃이라도 핀 것처럼 진홍빛 불빛이 가득했다. 톰과 베이커 양은 긴 의자의 양 끝에 앉아 있었고, 그녀는 그에게 〈새터데이 이브닝 포스트〉를 큰 소리로 읽어 주고 있었다. 속삭이는 듯하면서 높낮이의 변화가 없는 목소리가 꼭 아이를 달래는 듯했다. 우리가 들어가자 그녀는 손을 들어 잠시 조용히 기다려 달라고 했다.

"다음 호에 계속됩니다."

이렇게 말하고는 잡지를 탁자에 던졌다. 그녀는 불안하게 무릎을 들썩이며 벌떡 일어났다.

"벌써 10시군요."

"조던은 내일 경기가 있어요. 웨스트체스터에서 말이에요."

데이지가 설명했다.

"아, 당신이 바로 조던 베이커로군요."

그녀를 어디서 많이 본 듯한 까닭을 비로소 알 수 있었다. 유

쾌하고 남을 깔보는 듯한 저 표정을, 애슈빌과 핫스프링스 팜비치에서 선수 생활을 할 때 찍은 사진에서 본 것이다.

"잘 자요. 8시에 깨워 줘요, 알았죠? 캐러웨이 씨, 안녕히 가세요. 또 만나죠."

데이지가 확고하게 말했다.

"물론 그렇게 될 거야. 사실은 제가 중매를 서려고 해요. 오빠, 그러니 자주 들르세요. 뭐라고 할까, 전 두 사람을 함께 던져 버릴래요. 아시잖아요. 예기치 않게 두 사람을 옷장에 넣고 문을 잠가 버린다든가, 보트에 태워 바다로 띄워 보낸다든가 하는 거."

"멋있는 여자야. 저런 여자를 이렇게 시골이나 쏘다니게 해서는 안 되는데."

"누가 그러면 안 된다는 거예요?"

데이지가 쌀쌀맞게 물었다.

"조던의 가족이지 누구야."

"가족이래야 천 살쯤 먹은 늙은 숙모밖에 없어요. 앞으로 조던을 챙겨 줄 거죠, 오빠? 올 여름에 우리 집에서 주말을 보낼 거예요. 전 가정이 그 애에게 좋은 영향을 줄 거라고 봐요."

데이지와 톰은 잠시 아무 말 없이 서로의 얼굴을 쳐다보았다.

"저 여자 뉴욕 출신이야?"

내가 재빨리 물어보았다.

"루이빌 출신이에요. 우리는 소녀 시절을 그곳에서 함께 보냈어요. 아름답고 순수했던……."

나는 집에 가려고 일어섰다. 차에 올라타 떠나려고 하자 데이지가 소리쳤다.

"잠깐만 기다려요! 물어볼 말이 있었는데 깜박 잊고 있었네요. 서부에서 오빠가 어떤 아가씨와 약혼했다고 들었어요."

"나도 자네가 약혼했다는 소릴 들었어."

"헛소문이야. 나는 그럴 돈도 없고."

"하지만 분명히 들은걸요. 세 사람한테서나 그런 말을 들었으니 사실인 게 틀림없어요."

그들이 무슨 얘기를 하는지 알고 있었지만 나는 꿈에도 약혼한 일이 없었다. 내가 동부로 온 것은 그 소문 탓도 있었다. 소문 때문에 옛 친구와 만나지 않을 수도 없고, 소문이 났다고 해서 결혼할 생각은 추호도 없었다.

그들이 다가갈 엄두도 못 낼 정도로 엄청난 부자는 아니라는 느낌을 받았다. 집으로 돌아오면서 마음이 혼란스러웠고 기분도 약간 언짢았다. 내 생각으로는 데이지가 당장 어린애를 안고 집을 뛰쳐나올 것 같았다. 하지만 그녀는 그럴 생각이 조금도 없을 것이다. 톰에게는 '뉴욕에 여자를 두고 있다'는 것보다 책

한 권 때문에 우울해졌다는 사실이 더 놀라웠다.

집에 도착하자 나는 차고에 차를 넣어 둔 뒤 마당에 팽개쳐져 있는 잔디 기계 위에 앉아 있었다. 지나가던 고양이 그림자가 달빛에 어른거리는 것을 자세히 보려고 고개를 돌렸을 때, 혼자 있는 것이 아니라는 사실을 깨달았다. 50피트 떨어진 곳에 한 사람이 은빛 가루를 뿌려 놓은 듯한 별을 바라보고 있었다. 한가로워 보이는 동작과 잔디를 굳게 딛고 선 안정된 자세로 보아, 바로 어디까지가 자기의 하늘인지 살펴보러 나온 개츠비임을 알 수 있었다.

그는 두 팔을 어두운 바다를 향해 뻗었는데, 무의식중에 나도 바다 쪽을 바라보았다. 저 멀리 조그맣게 반짝이는 부두의 맨 끝자락에 있는 초록색 불빛을 빼고는 아무것도 보이지 않았다. 내가 다시 개츠비를 쳐다보았을 때 그는 이미 자리에 없었고, 나는 어수선한 어둠 속에서 또다시 혼자가 되었다.

제 2 장

　웨스트에그와 뉴욕 시의 중간쯤에는 황량한 지역을 피하기 위해 차도가 철로와 만나 4분의 1마일을 나란히 달리는 곳이 있다. 바로 '재의 골짜기'이다. 재가 밀처럼 자라 산마루와 언덕과 기괴한 정원을 이루는 환상적인 농장이다. 잿빛 땅과 끊임없이 피어오르는 먼지 너머로 잠시 뒤 T. J. 에클버그 의사의 두 눈을 볼 수 있다. T. J. 에클버그 의사의 눈은 푸르고 거대하다. 망막의 높이가 무려 1야드에 달한다. 얼굴은 없고 눈만 있지만, 보이지 않는 코에 걸려 있는 거대한 노란 안경 너머로 이쪽을 바라보고 있다. 분명히 어떤 익살맞은 안과 의사가 퀸스 자치구에서 장사를 좀 해 보려고 걸어 놓은 뒤, 그 자신은 영원히 눈이 멀어 버렸거나 아니면 광고판을 까맣게 잊고 이사를 가 버린 게 틀림없었다. 오랜 세월 동안 페인트도 칠하지 않은 채 햇볕에 그을리고 비를 맞아 좀 바랬지만, 여전히 그 눈은 생각에 잠긴 듯 장엄한 재의 골짜기를 내려다보고 있었다.

재의 골짜기는 한쪽으로 작고 더러운 강과 접하고 있어서, 개폐교가 화물선을 통과시키기 위해 올라갈 때면 기차가 멈춰 있어 승객들은 반 시간 동안 그 음울한 풍경을 바라보게 된다. 거기서는 적어도 일 분 동안은 정지하게 마련인데, 내가 톰의 여자를 처음 만난 것도 바로 그 때문이었다.

톰에게 애인이 있다는 사실은 그의 이름이 알려진 곳이라면 어디서나 화젯거리였다. 나는 그녀가 어떻게 생겼는지 보고 싶었지만 만나고 싶은 생각은 없었다. 하지만 그녀를 만나고야 말았다. 어느 날 오후 톰과 함께 기차를 타고 뉴욕에 갔는데, 기차가 그 재의 골짜기에서 멈추자 그는 자리에서 일어나더니 내 팔을 붙잡고 강제로 기차에서 끌어내렸다.

"여기서 내리자고! 자네한테 내 애인을 소개해 줄 테니까."

나는 그가 점심 식사 때 술을 마셔서 취한 게 아닌지 의심스러울 정도였다. 나는 석회를 하얗게 바른 나지막한 담을 넘어 그를 따라갔고, 우리는 에클버그 의사의 끊임없는 시선을 받으며 100야드쯤 뒤쪽으로 걸어갔다. 보이는 건물이라고는 오직 황무지 끝에 서 있는 작고 노란 벽돌 건물뿐이었는데, 그곳이 일종의 중심가인 셈이었지만 그 옆에는 아무것도 없었다. 그 건물에는 상점이 셋 있었는데, 하나는 세를 놓고 있었고, 재의 골짜기와 맞닿아 있는 다른 하나는 밤새도록 영업하는 음식점이었으며, 세 번째 상점은 자동차 정비소였다. 거기에는 '정비소, 조지 B. 윌슨. 자동차 사고팝니다'라는 팻말이 붙어 있었다. 나는 톰을 따라 정비소 안으로 들어갔다.

장사가 안 되는지 텅 비어 있었다. 차라고는 어둠침침한 구석에서 먼지를 뒤집어쓰고 있는 부서진 포드 한 대뿐이었다. 2층에는 호화로운 방이 숨어 있을지도 모른다고 생각하고 있을 때, 주인이 헝겊 조각에 손을 닦으며 모습을 드러냈다. 금발의 미남이었지만 빈혈에라도 걸린 듯 생기가 없었다. 우리를 보자 옅은 푸른색 눈에는 어렴풋한 희망의 빛이 떠올랐다.

"잘 있었나, 윌슨."

톰은 반갑다는 듯이 그의 어깨를 툭툭 치며 말했다.

"장사는 잘되나?"

"그저 그래요. 그 차는 언제 저한테 파실 겁니까?"

윌슨이 시큰둥하게 대답했다.

"다음 주에. 지금 우리 정비사가 손을 보고 있는 중이거든."

"꽤나 굼뜨군요. 안 그래요?"

"아니, 그렇지 않네. 자네가 그렇게 생각한다면 다른 곳에 팔아 버리겠어."

"그게 아니고요. 전 다만…….”

윌슨은 말끝을 흐렸고, 톰은 조바심이 나는 듯 정비소 주위를 훑어보았다. 그때 계단을 내려오는 발소리가 들리더니 순간 몸집이 있는 여자 하나가 사무실 문을 가로막고 섰다. 삼십대 중반에 접어든 그녀는 다소 땅딸막한 체격으로 물방울무늬가 있는 검푸른 비단 드레스를 걸치고, 예쁜 구석이라고는 찾아볼 수 없었지만 연기를 내뿜듯 끊임없이 발산하는 생기를 한눈에 알아볼 수 있었다. 그녀는 천천히 웃으며 남편을 쳐다보지도 않은 채 나지막하고 거친 목소리로 이렇게 말했다.

"의자 좀 가져와요. 앉으시게 해야죠.”

"아, 그렇군.”

윌슨은 서둘러 회색 벽에 연결되어 있는 작은 사무실로 갔다. 재의 골짜기 근처에 있는 것은 무엇이든 뿌연 재를 뒤집어쓰고 있듯이 그의 검은 양복과 윤기 없는 머리카락에도 먼지가 뽀얗게 덮여 있었다. 그녀는 톰에게 다가왔다.

"다음 기차를 타.”

"알았어요.”

"지하에 있는 신문 가판대에서 기다릴게.”

그녀는 고개를 끄덕였고, 조지 윌슨이 사무실에서 의자 두 개를 들고 나타나자 톰에게서 떨어졌다. 우리는 길 아래쪽으로 내려가 눈에 띄지 않는 데서 그녀를 기다렸다.

"끔찍한 곳이지 않나? 이곳을 떠나는 게 그 여자에게도 좋아."

"남편이 반대하지 않을까?"

"윌슨? 그자는 아내가 뉴욕에 사는 여동생을 만나러 가는 줄로 알고 있어. 우둔하기 짝이 없어서 자기가 살아 있다는 사실조차 잊고 사는 친구라고."

그래서 톰과 그의 정부와 함께 뉴욕으로 갔다. 정확히 말하자면 '함께'라고 할 수도 없는데, 윌슨 부인이 눈치껏 다른 칸에 탔기 때문이다.

그녀는 갈색 무늬가 있는 모슬린 드레스로 갈아입었는데, 톰이 뉴욕 플랫폼에서 그녀를 부축하여 내릴 때 그 옷은 그녀의 널찍한 엉덩이에 착 달라붙어 있었다. 신문 가판대에서 그녀는 《타운 태틀》 한 권과 영화 잡지를 샀고, 역 매점에서는 콜드크림과 조그만 향수 한 병을 샀다. 그녀는 택시를 넉 대나 그냥 보내고 나서야 비로소 회색 시트로 장식된 라벤더 색 새 택시를 골라잡았다. 택시를 타고 우리는 사람들로 붐비는 역을 빠져나와 햇빛이 반짝이는 거리로 들어섰다. 그러나 그녀는 재빨리 창에서 눈길을 돌리더니 앞 유리를 두드렸다.

"개를 한 마리 갖고 싶어요. 아파트에서 기르고 싶어요. 기르면 좋잖아요. 개 말이에요."

우리는 어이없게도 존 D. 록펠러를 닮은 백발노인 쪽으로 차를 댔다. 노인의 목에 걸려 있는 광주리에는 갓 태어난 강아지 열두어 마리가 웅크리고 있었다.

"무슨 종이에요?"

노인이 택시 창문 쪽으로 다가오자 윌슨 부인이 진지하게 물었다.

"온갖 종류가 다 있습죠. 부인께선 어떤 종류를 원하십니까요?"

"경찰견 한 마리를 사고 싶은데요. 그런 개는 없겠지요?"

노인은 미심쩍은 듯 광주리를 들여다보다가 발버둥치는 강아지 한 마리를 들어 올렸다.

"그건 경찰견이 아니잖소."

톰이 말했다. 노인은 실망한 듯한 목소리로 말했다.

"예, 딱히 경찰견이라고 할 수는 없지요. 에어데일테리어에 가깝지요."

노인은 갈색 수건 같은 개의 등허리를 쓰다듬었다.

"이 털 좀 보세요. 대단한 털입지요. 감기에 걸리거나 해서 귀찮게 할 녀석이 아닙니다요.”

“예뻐요.”

윌슨 부인이 들뜬 목소리로 말했다.

“얼마예요?”

“저놈 말입니까? 10달러는 주셔야죠.”

비록 다리가 놀랄 만큼 희기는 했지만 에어데일테리어라는
데는 의심할 여지가 없었다. 그 에어데일테리어는 바뀐 주인인
윌슨 부인의 무릎 사이로 파고들었고, 그녀는 추위를 타지 않는
다는 녀석의 털을 황홀한 듯 쓰다듬었다.

“자, 여기 돈이 있소. 그 돈이면 열 마리는 더 살 거요.”

우리는 5번가로 향했다. 한여름 일요일 오후의 공기는 목가
적이라고 할 만큼 따뜻하고 부드러워서 양 떼가 모퉁이를 돌아
거리에 나타나더라도 하나도 놀랄 것이 없을 정도였다.

“차를 세우지. 난 여기서 내리겠어.”

“아니, 안 돼.”

톰이 재빨리 가로막았다.

“네가 아파트까지 가지 않으면 머틀이 섭섭해 할 거야. 안 그
래, 머틀?”

“함께 가요. 전화를 걸어 동생 캐서린을 부를게요. 사람들한
테서 굉장한 미인이라는 소리를 듣는 애예요.”

우리는 센트럴 파크를 지나 웨스트 100번대 거리로 달렸다. 158번가에 이르자 택시는 흰 케이크처럼 길게 늘어서 있는 아파트 한쪽에 멈췄다. 왕궁에 돌아온 여왕처럼 당당한 시선으로 이웃을 훑어보면서 윌슨 부인은 개와 다른 물건들을 들고 안으로 들어갔다.

"맥키 부부를 부를게요."

엘리베이터를 타고 올라가면서 그녀가 말했다. 그녀의 집은 아파트 맨 위층에 있었다. 작은 거실과 작은 식당, 그리고 목욕탕이 딸린 작은 침실 하나가 있었다. 거실에는 태피스트리를 씌운 가구가 문간까지 꽉 들어차 있었다. 거실에 비해 가구가 너무 커서 태피스트리에 넣은 베르사유 궁전의 정원에서 그네를 타고 있는 부인들 그림에 걸려 넘어질 지경이었다.

톰은 옷장에서 위스키 한 병을 꺼내 왔다. 나는 평생 술에 취한 적이 딱 두 번 있는데, 그 두 번째가 바로 그날 오후였다. 8시가 지나도 방 안에는 밝은 햇살이 가득 차 있었지만, 거기서 일어난 일들은 하나같이 희미하고 몽롱한 기억으로만 남아 있다. 윌슨 부인은 톰의 무릎에 앉아서 몇 사람에게 전화를 걸었다. 나는 담배가 떨어져 길모퉁이에 있는 가게로 담배를 사러 나갔다. 돌아와 보니 그들은 보이지 않았고, 나는 조용히 거실에 앉아 〈베드로라 하는 시몬〉을 읽었다. 내용이 형편없어서였는지 아니면 위스키 때문에 정신이 혼미해서였는지는 모르겠지만 무슨 얘기인지 통 알 수가 없었다.

톰과 머틀이 다시 나타나자 손님들이 하나둘씩 도착하기 시작했다. 머틀의 여동생 캐서린은 서른 살쯤 된, 날씬한 몸매의 속물 같은 여자로, 숱이 많은 붉은 단발머리에 우윳빛 분을 바른 얼굴이었다. 눈썹을 뽑고 그 위에 좀 더 세련되어 보이도록 새로 그렸지만, 뽑힌 자리에서 눈썹이 다시 돋아나는 바람에 얼굴이 다소 지저분해진 느낌이었다. 그녀가 움직일 때면 두 팔에 달린 헤아릴 수 없이 많은 도기 팔찌가 위아래로 흔들리며 끊임없이 짤랑거리는 소리를 냈다. 주인처럼 당당히 들어와서는 꼭 자기 집인 양 가구를 둘러보는 모습이 마치 이 집이 그녀의 것이 아닐까 하는 착각이 들게 할 정도였다.

얼굴이 창백한 맥키 씨는 아래층 남자였다. 광대뼈에 흰 비누 거품 자국이 있는 것으로 보아 방금 면도를 한 모양이었다. 사람들에게 인사하는 태도가 무척 예의 발랐다. 그는 예술계에 종사하고 있노라고 말했는데, 나중에야 그가 사진사라는 것을 알았다. 그의 아내는 예쁘기는 했지만 끔찍한 여자였다. 그녀는 남편이 결혼 후 127번이나 사진을 찍어 주었다고 자랑스럽게 떠벌렸다.

막 옷을 갈아입은 윌슨 부인은 크림색 시폰으로 만든 야회복을 입고 있었다. 그녀가 그 옷으로 방 안을 쓸고 다니는 동안 계속 부스럭거리는 소리가 났다. 옷이 날개라더니 그 덕분에 인품마저 달라 보였다. 자동차 정비소에서 눈에 띄었던 강렬한 생명력은 상당한 거만함으로 바뀌었다. 그녀의 웃음, 몸짓, 말투는 시간이 지나면 지날수록 더욱 가식적으로 변했고, 그렇게 부풀어 오를수록 방은 점점 더 비좁아지는 것만 같았다.

"애, 캐서린."

그녀는 뽐내는 듯한 높고 큰 목소리로 동생에게 말했다.

"그런 사람들은 너를 속여 먹으려 들 거야. 그저 돈만 생각할 뿐이라고. 지난주에 내 발을 좀 봐 달라고 어떤 여자를 불렀는데, 청구서를 보고는 맹장 수술이라도 받았나 싶었다니까."

"그 여자 이름이 뭔데요?"

맥키 부인이 물었다.

"에버하르트 부인이에요. 집집마다 돌아다니면서 발을 봐 주는 여자죠."

"입으신 옷이 참 근사하네요. 정말 훌륭해요."

맥키 부인이 말했다. 그러나 윌슨 부인은 경멸하듯 눈썹을 추켜올리며 칭찬을 묵살해 버렸다.

"형편없는 헌 옷이에요. 아무렇게나 입어도 괜찮을 때 가끔 걸치죠."

"하지만 당신이 입으니까 아주 멋져요. 제 말이 무슨 뜻인지 아시잖아요."

맥키 부인이 계속 말했다.

"만약 제 남편 체스터가 당신의 그런 자태를 잡아낸다면 그럴듯한 작품이 나올 거예요."

우리는 말없이 윌슨 부인을 쳐다보았고, 그녀는 머리카락을 쓸어 올리고는 밝은 미소를 지으며 우리를 쳐다보았다. 맥키 씨는 한쪽으로 고개를 돌린 채 그녀를 주시하다가 손을 눈앞에서 앞뒤로 천천히 움직였다. 톰이 소리 내어 하품하면서 자리에서 일어나며 말했다.

"맥키 부부가 마실 만한 게 있을 텐데. 머틀, 얼음하고 탄산수를 더 가져오지. 모두들 자러 가겠다고 하기 전에 말이오."

"심부름꾼한테 가져오라고 시켰어요."

한잔하고 난 뒤부터 윌슨 부인과 나는 서로 이름을 불렀다. 머틀은 하류층 사람들의 게으름에 낙담하면서 눈썹을 추켜올렸다.

"그런 사람들이란! 늘 다그쳐야 한다니까요."

그녀는 나를 보더니 멋쩍은 미소를 지었다. 그러고 나서 강아지에게 열렬히 입을 맞추더니, 열두 명의 요리사가 자기 명령을 기다리고 있다고 넌지시 말하면서 부엌으로 갔다.

“전 롱아일랜드에서 멋진 사진들을 찍었습니다.”

맥키 씨가 단호하게 말했다. 톰은 멍하니 그를 쳐다보았다.

“그중 둘은 액자에 끼워 아래층에 걸어 놓았지요.”

“뭐가 둘이라는 거요?”

톰이 물었다.

“두 작품 말입니다. ‘몬턱포인트—갈매기’와 ‘몬턱포인트— 바다’라고 이름을 붙였지요.”

머틀의 동생 캐서린은 내 옆의 긴 의자에 앉았다.

“당신도 롱아일랜드에 사세요?”

그녀가 물었다.

“웨스터에그에 살고 있습니다.”

“정말이에요? 한 달쯤 전에 거기서 열린 파티에 갔었는데, 개츠비라는 사람의 집에 말이에요. 혹시 그분을 아세요?”

“바로 옆집에 살고 있지요.”

“그분은 빌헬름 황제의 조카인가 사촌인가 된다더군요. 그분의 돈이 다 거기서 나온다지요.”

“정말입니까?”

그녀는 그렇다고 고개를 끄덕이며 말했다.

“전 그 사람이 무서워요. 그 사람한테는 아무것도 신세지고 싶지 않아요.”

그때 맥키 부인이 갑자기 캐서린을 가리키며 말하는 바람에 귀가 솔깃한 정보는 거기에서 멈춰 버렸다.

"여보, 내 생각엔 당신이 괜찮은 작품을 만들 수 있을 것 같아요."

하지만 맥키 씨는 귀찮다는 듯이 고개를 끄덕이고 톰을 향해 말했다.

"할 수만 있다면 롱아일랜드에서 좀 더 일하고 싶어요."

"머틀한테 한번 부탁해 보시죠."

톰은 이렇게 말하고는 머틀이 쟁반을 들고 들어오자 큰 소리로 웃음을 터뜨렸다.

"이 사람이 당신에게 소개장을 써 줄 거요. 머틀, 안 그래?"

"뭘 써 준다고요?"

그녀가 놀라서 물었다.

"당신 남편을 모델로 작품을 만들 수 있도록 맥키를 소개하는 편지를 써 주라고."

그가 제목을 짓는 동안 그의 입술이 잠시 말없이 움직였다.

"'정비소의 조지 B. 윌슨'이나 뭐, 그 비슷한 제목으로 말이야."

캐서린은 내 가까이로 몸을 기울이더니 귓속말로 속삭였다.

"두 사람 다 자기 배우자를 못마땅해 해요."

"그래요?"

"참을 수가 없대요."

그녀는 머틀과 톰을 번갈아 바라보았다.

"서로 참을 수 없는데 왜 계속 같이 사느냐는 거예요. 나 같으면 당장 이혼하고 말 텐데."

"머틀은 윌슨을 좋아하지 않나요?"

이 물음에 대한 답은 뜻밖이었다. 우리 말을 엿듣고 있던 머틀이 직접 그렇다고 대답한 것이다. 캐서린은 의기양양하게 말했다.

"그것 보세요. 두 사람을 떼어 놓고 있는 건 사실상 톰의 부인이에요. 그 여자는 가톨릭 신자라는데, 가톨릭에서는 이혼을 허락하지 않잖아요."

데이지는 가톨릭 신자가 아니었기 때문에 나는 이 그럴듯한 거짓말에 약간 충격을 받았다.

"두 사람이 결혼을 하면요."

캐서린이 말을 이었다.

"잠잠해질 때까지 잠시 서부에 가서 살 거래요."

"유럽으로 가는 게 더 나을 텐데요."

"아, 유럽을 좋아하세요?"

그녀는 놀라서 소리쳤다.

"전 몬테카를로에서 얼마 전에 돌아왔어요. 바로 작년이에요. 친구들과 함께 갔었지요."

"오래 있었나요?"

"아뇨, 그냥 몬테카를로에만 갔다가 곧장 돌아왔어요. 마르세유를 거쳐서 갔지요. 우리는 출발할 때 1,200달러 넘게 갖고 갔는데 개인 도박장에서 이틀 만에 몽땅 잃었어요. 돌아올 때 얼마나 고생을 했는지 몰라요. 맙소사, 그놈의 도시라면 진절머리가 나요!"

늦은 오후의 하늘이 한순간 지중해의 푸른 바다처럼 창문에 화려하게 비쳤다. 바로 그때, 맥키 부인의 날카로운 목소리 때문에 정신이 번쩍 들어 방 안으로 시선을 돌렸다.

"저도 자칫 실수를 할 뻔했어요. 몇 년 동안 저를 따라다니던 키 작은 유대 인과 결혼할 뻔했거든요. 모두들 저한테 '루실, 넌 그 남자에겐 너무 아까워!' 이렇게 말하더군요. 하지만 제가 체스터를 만나지 못했더라면 분명히 그 남자가 절 차지했을 거예요."

"그래요, 하지만 내 말 좀 들어 봐요. 적어도 당신은 그 남자와 결혼하지는 않았잖아요."

미틀이 고개를 위아래로 끄덕이면서 말했다.

"그래요, 안 했지요."

"하지만 나는 결혼했어요."

머틀이 모호하게 말했다.

"그게 당신 경우와 내 경우의 차이죠!"

"언니, 언닌 왜 그 사람과 결혼한 거야? 강요하는 사람은 아무도 없었는데 말이야."

머틀이 잠시 생각에 잠겼다.

"그 사람을 신사로 착각했기 때문이야. 난 그 사람이 교양 있는 사람이라고 생각했거든. 하지만 알고 보니 내 신발을 핥을 자격도 없는 사람이었어."

"그래도 언니는 한동안 그에게 미쳐 있었잖아."

캐서린이 말했다. 그러자 머틀은 도저히 믿어지지 않는다는 듯이 소리를 질렀다.

"미쳐 있었다고! 내가 그 작자에게 미쳐 있었다고 누가 그래? 저기 있는 저 사람에게 미쳐 있지 않은 것처럼, 그에게도 그런 적은 없었단 말이야."

그녀가 갑자기 나를 가리키자 모두들 비난하는 듯한 눈초리로 나를 쳐다보았다. 나는 그녀의 과거 애정 행각과 아무 관계도 없다는 사실을 표정으로 보여 주려고 애를 썼다.

"내가 미쳐 있었던 건 막 결혼했을 때뿐이야. 하지만 곧 깨달았지. 그 작자는 결혼식 때 예복을 빌려 입고도 나한테 아무 말도 하지 않았어. 어느 날 그 작자가 집에 없을 때 옷 임자가 옷을 찾으러 왔더라. 양복을 내주고 난 뒤 난 오후 내내 울었어."

"정말이지 형부를 차 버려야 하는데."

캐서린이 또다시 나에게 말을 걸었다.

"두 사람은 자동차 정비소에서 십일 년 동안이나 살았어요. 톰은 언니의 첫 애인이었죠."

방에 있는 사람들은 계속 위스키를 찾았다. 한 잔도 마시지 않아도 마신 것과 다름없이 기분을 낼 수 있다는 캐서린만 예외였다. 톰은 초인종으로 심부름꾼을 불러 만족스러운 저녁 식사가 될 만한 이름난 샌드위치를 사 오라고 시켰다. 나는 밖으로 나가 황혼에 휩싸인 동쪽 공원을 걷고 싶었지만, 나가려고 할 때마다 귀에 거슬리는 꺼림칙한 이야기가 내 발목을 잡아당겼다. 머틀은 의자를 끌어당겨 나에게 가까이 다가오더니, 느닷없이 더운 입김을 내뿜으며 톰과 처음 만났을 때의 이야기를 털어놓았다.

"기차를 타면 언제나 마지막까지 남는 자리가 있어요. 서로 마주 보는 자리인데 거기서 일이 벌어졌지요. 나는 동생을 만날 생각으로 뉴욕에 가는 길이었어요. 그이는 신사복을 입고 번쩍이는 에나멜가죽 구두를 신고 있었는데, 눈을 뗄 수가 없었어요. 그가 나를 쳐다볼 때마다 머리 위쪽에 있는 광고를 보는 척했지요. 역에 도착했을 때 그가 바로 내 곁에 있었는데, 흰 와이셔츠 앞가슴으로 내 팔을 누르고 있었어요. 그래서 경찰관을 부르겠다고 협박했지만 거짓말이라는 걸 그는 알고 있었죠. 너무 흥분한 나머지 그와 함께 택시를 잡아타고도 깨닫지도 못 할 정도였어요. 그때 내가 머릿속으로 줄곧 생각한 것은, ‘그래, 너는 영원히 살 수 없어’ 하는 말이었어요.”

머틀은 맥키 부인 쪽으로 몸을 돌렸고, 방 안 가득 그녀의 어색한 웃음이 넘쳤다.

벌써 9시가 되었다. 그다음에 다시 시계를 보았을 때에는 어느덧 10시였다. 맥키 씨는 마치 활기찬 사람을 찍은 사진처럼 꽉 쥔 두 주먹을 무릎에 올려놓고 잠들어 있었다. 나는 손수건을 꺼내 오후 내내 신경에 거슬리던 그의 뺨에 말라붙은 비누 거품을 닦아 주었다.

강아지는 탁자에 앉아 담배 연기 자욱한 방 안을 둘러보면서 이따금 작은 소리로 끙끙거렸다. 사람들은 사라졌다가 다시 나타났고, 어디론가 갈 계획을 세웠고, 그러다가 대화를 나누던 상대가 어디로 가 버렸는지 헤매기도 했다. 자정이 가까울 무렵 톰과 윌슨 부인은, 윌슨 부인이 데이지 이름을 언급할 권리가 있느냐를 두고 열띠게 말다툼을 벌였다.

“데이지! 데이지! 데이지!”

윌슨 부인이 소리쳤다.

"내가 부르고 싶으면 언제든지 부를 거예요! 데이지! 데이……."

순간 톰이 그녀의 코를 세게 후려쳤다. 잠시 후 목욕탕 바닥에는 피 묻은 수건들이 널려 있었고, 여자들의 꾸짖는 소리와 더 큰 소리로 아프다며 울부짖는 소리가 들렸다. 맥키 씨는 잠에서 깨어나 어안이 벙벙한 상태로 방 안을 쳐다보았다. 구급약을 들고서 뛰어다니며 화를 내기도 하고 위로를 건네기도 하는 자신의 아내와 캐서린, 상심한 표정으로 긴 의자 위에 누워 피를 흘리는 머틀이 보였다. 맥키 씨는 문으로 나갔다. 샹들리에에 걸어 두었던 모자를 집어 들고 나도 그의 뒤를 따랐다.

"언제 점심이나 하러 오시죠."

엘리베이터를 타고 숨을 돌리고 있는 동안 그가 제안했다.

"좋습니다. 기꺼이 가지요."

나는 그의 점심 초대에 응했다. 그다음에 그는 속옷 차림으로 침대에 들어가 두 손에 커다란 포트폴리오를 들고 앉아 있었다.

"'미녀와 야수', '고독', '식료품 가게의 늙은 말', '브루클린 다리'."

나는 펜실베이니아 역의 추운 지하 대합실에 누운 채 졸면
서 조간신문 〈트리뷴〉을 보며 새벽 4시 기차를 기다리고 있
었다.

제 3 장

여름 내내 밤마다 이웃에서는 음악 소리가 흘러나왔다. 개츠비의 정원에서는 남녀가 웃음을 주고받으며 별빛 아래서 부나비처럼 오갔다. 오후 만조 때는 그들이 리프트 꼭대기에서 다이빙을 하거나 해변에서 일광욕하는 모습을 지켜보았다. 또 모터보트 두 대가 거품을 일으키며 물길을 갈라놓기도 하였다. 주말이면 롤스로이스가 아침 9시부터 자정이 넘도록 파티에 오가는 사람들을 실어 날랐고, 스테이션왜건은 기차로 오는 손님들을 위해 분주하게 돌아다녔다. 그리고 월요일에는 정원사와 여덟 명의 하인이 하루 종일 걸레, 바닥 닦는 솔, 망치, 정원용 가위를 들고 지난밤에 망가진 곳을 수리했다.

매주 금요일에는 뉴욕에 있는 과일 가게에서 다섯 광주리분의 오렌지와 레몬이 배달되었다. 월요일이면 이 오렌지와 레몬은 껍질만 남아 뒷문 밖에 피라미드처럼 쌓였다. 적어도 이 주일에 한 번씩 파티를 준비하는 사람들이 야외용 천막과 색색의 전구를 가져와 개츠비의 거대한 정원을 장식했다. 테이블에는 화려한 전채 요리와 양념을 해서 구운 햄, 알록달록한 샐러드, 밀가루를 발라 튀긴 돼지고기, 거무스름한 금빛의 칠면조 요리가 즐비하게 차려졌다. 중앙 홀의 청동 가로대에는 진과 음료와 코디얼 주가 있었다.

7시쯤에 오케스트라가 도착했다. 보잘것없는 오인조 악단이 아니라 오보에, 트롬본, 색소폰, 비올라, 코넷, 피콜로, 저음과 고음의 드럼까지 갖춘 완벽한 오케스트라였다. 해변에서 마지막까지 수영하던 사람들이 돌아와 위층에서 옷을 갈아입었다. 벌써부터 홀과 살롱과 베란다는 원색의 옷을 입고 최신 유행의 기묘한 단발머리에 카스티야 산보다도 좋은 숄을 두른 여자들로 붐볐다. 바는 절정에 달했고, 칵테일 쟁반이 빙빙 돌아 바깥 정원까지 나가자 마침내 잡담과 웃음소리로 분위기가 무르익었다.

밤이 깊어갈수록 불빛은 더욱 밝아지고, 오케스트라가 음악을 연주하기 시작하자 오페라 같은 고음의 목소리는 한층 더 높

아졌다. 시간이 지나면 지날수록 말과 웃음이 더 쉽게 터져 나오고, 대화 그룹은 더욱 빨리 바뀌고, 손님들이 새로 도착하면서 사람들은 단숨에 흩어졌다가 다시 모였다.

개츠비의 집을 처음 방문한 날 밤, 나는 정식으로 초대받은 몇 안 되는 손님 중 하나였다. 대부분의 사람들은 초대받지 않고 그냥 온 것이었다. 토요일 아침 개똥지빠귀 알처럼 푸른 제복을 입은 기사가 자기 주인이 전하는 형식적인 초대장을 들고 우리 집 잔디밭으로 건너왔다. 오늘 밤 '보잘것없는 파티'에 왕림해 주신다면 더없는 영광으로 생각하겠다는 것이었다. 나는 몇 번 본 적이 있는데, 오래전부터 방문하고 싶었지만 사정이 여의치 않았다고 했다.

7시쯤 나는 흰 플란넬 양복을 차려입고 그의 잔디밭으로 건너갔고, 이리저리 오가는 낯선 사람들 틈에서 겸연쩍은 기분으로 어슬렁거렸다. 파티 장소에 도착하자마자 나는 주인을 찾으려고 했다. 한두 사람에게 물어보았지만 그의 동정에 대해서는 아는 바가 없다고 딱 잘라 말했다. 어색한 기분을 지우기 위해 한잔 마시고 거나하게 취해 볼까 하는 참에, 조던 베이커가 안에서 나오더니 대리석 꼭대기에 서서 흥미로운 표정으로 정원을 내려다보았다.

"안녕하십니까!"

나는 그녀 쪽으로 다가가면서 크게 소리를 질렀다. 내 목소리가 정원을 가로질러 부자연스러울 정도로 크게 들리는 것 같았다.

"오실지도 모른다고 생각했어요. 이웃에 사신다는 걸 기억하고 있었거든요."

그녀는 나를 잘 돌봐 주겠다고 약속하듯 불쑥 내 손을 잡더니, 층계 밑에 서 있는 노란 드레스를 입은 두 여자의 말에 귀를 기울였다.

"안녕하세요! 당신이 이기지 못해서 유감이에요."

두 여자가 동시에 소리쳤다. 골프 시합을 두고 하는 이야기였다. 그녀는 지난 주 결승전에서 지고 말았다. 노란 드레스의 두 여자 중 하나가 말했다.

"당신은 우리가 누군지 모를 거예요. 한 달 전에 여기서 당신을 만났어요."

"그 뒤에 머리 염색을 하셨군요."

조던이 말하며 황금빛으로 그을린 날씬한 팔로 내 팔을 감았고, 우리는 계단을 내려가서 정원을 산책했다. 칵테일 쟁반이 우리에게 전달되었고, 우리는 노란 드레스의 두 여자와, 덤불이라고 소개한 세 남자와 한께 한 식탁에 앉았다.

"이런 파티에 자주 오시나요?"

조던이 자기 옆에 있는 여자에게 물었다.

"지난번에 당신을 만났을 때가 마지막이었어요."

민첩하고 자신 있는 목소리로 여자가 대답했다. 그녀는 친구 쪽으로 고개를 돌렸다.

"루실, 너도 그렇지 않니?"

루실이라는 여자 역시 그렇다고 했다.

"난 이런 파티가 좋아요. 행동에 신경을 쓰지 않으니 언제나 즐길 수 있거든요. 지난번에 왔을 때는 의자에 옷이 찢어졌는데 그분이 내 이름과 주소를 묻더군요. 그러고는 일주일도 안 되어 크루아리에 의상실에서 새 이브닝드레스 한 벌을 소포로 보내 왔어요."

"그래서 그 옷을 받았나요?"

조던이 물었다.

"물론이지요. 오늘 밤 그 옷을 입고 오려고 했지만 가슴 부분 이 너무 커서 줄여야 했어요. 보라색 구슬이 달린 옅은 푸른색 드레스예요. 무려 265달러나 한다고요."

"그렇게 지나친 호의를 보이는 사람에게는 뭔가 수상한 구석 이 있는 법이에요."

또 다른 여자가 열심히 말했다.

"그 사람은 누구와도 말썽이 생기는 걸 원치 않아요."

"누가 그렇다는 겁니까?"

내가 물었다.

"개츠비 씨 말이지요. 누군가에게 들은 얘기로는……."

그 두 여자와 조던은 서로 허물없는 사이처럼 몸을 기울였다.

"누가 그러는데, 그 남자는 사람을 죽인 적이 있대요."

우리 모두는 전율을 느꼈다. 세 명의 덤블 씨도 몸을 앞으로 기울이고 열심히 듣고 있었다. 루실이 의심스럽다는 말투로 말했다.

"난 그렇게 생각하지 않아. 그가 전쟁 중에 독일 첩자였다는 말이 더 맞는 것 같아."

세 남자 중 하나가 확인이라도 해 주듯 고개를 끄덕였다.

"독일에서 그 사람과 함께 자라서 그에 관해서는 모르는 것이 없는 사람한테서 들었어요."

그는 우리에게 단정적으로 말했다.

"아니에요, 그럴 리가 없어요. 그는 전쟁 중에 미군에 소속되어 있었어요."

우리가 그녀의 말을 믿으려는 기색임을 알아차리고 그녀는 열심히 몸을 앞으로 기울였다.

"주위에 아무도 없다고 생각할 때 그의 표정을 보세요. 살인을 한 사람이 틀림없어요."

그녀는 눈을 찡그리며 몸을 떨었다. 우리는 모두 개츠비가 어디 있는지 보려고 주위를 살폈다. 쑥덕이는 일에 흥미가 없는 사람들조차 그에 관해 수군거린다는 것은 그만큼 개츠비가 사람들에게 낭만적인 추측을 불러일으키고 있다는 증거였다.

첫 번째 만찬이 나오기 시작할 무렵, 조던은 자기 일행과 함께 식사하자며 나를 초대했다. 거기에는 결혼한 세 쌍과 조던의 경호원 격으로 따라온 남자가 있었다.

"밖으로 나가요."

어색한 분위기 속에서 반 시간 정도를 보낸 뒤 조던이 속삭였다.

"여기는 제가 있기엔 너무 점잖은 자리 같아요."

같이 일어서면서 그녀는 다른 사람들에게 주인을 찾아간다고 말했다. 그녀는 내가 개츠비를 만나 본 적이 없기 때문이라고 말했는데, 그 말에 나는 불안했다. 방은 사람들로 붐비고 있었지만 개츠비는 없었다. 계단 꼭대기에도 베란다에도 없었다.

그렇게 개츠비를 찾다가 근엄해 보이는 문을 열고 천장이 높은 고딕식 서재로 들어갔다. 영국산 참나무 조각으로 장식된 서재는 외국 유적을 통째로 옮겨 놓은 듯했다.

커다란 올빼미 눈 모양의 안경을 낀 건장한 중년 남자가 술에 약간 취한 듯 대형 테이블 끝에 앉아서 불안정한 눈빛으로 서가를 응시하고 있었다. 우리가 들어서자 그는 의자를 휙 돌리더니 조던을 머리끝에서 발끝까지 훑어보았다.

"어떻게 생각하십니까?"

그는 성급하게 물었다.

"뭘 말입니까?"

그는 서가를 향해 손을 흔들었다.

"저것들 말이오. 저것들은 진짜요."

"저 책들 말인가요?"

그는 고개를 끄덕였다.

"완벽한 진짜요. 페이지도 빠진 게 없고 모든 게 다 있어요. 난 저것들이 마분지로 만든 장식용 책일 거라고 생각했소. 그런데 완전히 진짜인 거요. 내가 직접 보여 드리리다."

우리가 당연히 의심하리라 생각했는지 그는 《스토더드 강연집》 1권을 들고 돌아왔다.

"자, 보시오! 이건 진짜 인쇄물이오. 이 집 주인은 데이비드 벨라스코 같은 존재요. 이건 대단한 위업이오. 얼마나 철두철미하냔 말이오! 놀라운 리얼리즘이지요! 정도를 넘어서지도 않았고, 페이지를 칼로 자르지도 않았소. 헌데 여긴 왜 들어온 거요? 찾는 것이라도 있소?"

그는 나에게서 책을 낚아채더니 하나라도 빠지면 서가 전체가 무너질지도 모른다고 투덜거리며 급히 서가에 다시 꽂아 놓았다. 그러고는 따지듯 물었다.

"누가 당신들을 데리고 왔소? 아니면 그냥 온 거요? 대부분이 누군가를 따라서 오더군."

조던은 재미있다는 듯 아무 대답도 없이 주의를 늦추지 않으며 그를 바라보았다.

"나는 루스벨트라는 여자가 데려다 주더군요. 클로드 루스벨트 부인 말이오. 지난밤 어딘가에서 만났지요. 일주일 내내 술을 마셨고, 서재에 있으면 술이 좀 깰 거라고 생각했소."

"그래, 깼나요?"

"조금 깬 것 같소. 아직 확실하지는 않지만. 여기에 들어온 지 겨우 한 시간밖에 되지 않았거든. 내가 저 책 얘기를 했던가? 저 것들은 진짜 책이오. 저 책들은……."

"이야기하셨어요."

우리는 그와 공손하게 악수를 하고 다시 밖으로 나왔다. 정원에서는 무도회가 시작되었다. 한밤중이 되자 야단법석을 떠는 소리가 한층 높아졌다. 유명한 테너 가수가 이탈리아 어로 노래를 불렀고, 이름난 알토 가수가 재즈식으로 노래했다.

우리는 남자 한 명과 조금만 우스갯소리를 해도 미친 듯이 웃어 대는 아가씨와 같은 테이블에 앉아 있었다. 그제야 나는 흥이 났다. 핑거볼 두 개 정도의 샴페인을 마시자 파티가 의미 있고 중요하며 심오하게 느껴졌다. 소란이 잠시 가라앉은 사이에 그 남자가 나를 보고 미소를 지었다.

"낯이 익습니다. 전쟁 때 제3사단에 근무하지 않았습니까?"

"그렇습니다만. 제9기관총 대대에 있었지요."

"전 1918년 6월까지 제7보병대에 있었습니다. 어디선가 뵌 듯하군요."

우리는 한동안 비가 잦고 음산한 프랑스의 작은 마을에 관해 이야기했다. 그는 얼마 전에 수상 비행기를 샀는데 내일 아침에 탄다고 말했다.

"같이 타지 않겠습니까? 이 근처 바닷가인데요."

"몇 시에요?"

"편한 시간이라면 아무 때나요."

그의 이름을 물어보려는 찰나, 조던이 주위를 둘러보며 미소를 지었다.

"이제는 기분이 좋아진 모양이지요?"

그녀가 물었다.

"많이 좋아졌어요."

그렇게 대답하고 나는 남자 쪽으로 얼굴을 돌렸다.

"저한테는 좀 익숙하지 않은 파티입니다. 개츠비라는 분이 기사를 통해 제게 초대장을 보냈지요. 아직 주인도 만나 보지 못했거든요. 전 저 건너에 살고 있습니다."

나는 손을 들어 울타리를 가리켰다. 그는 내 말을 못 알아들은 듯 나를 쳐다보았다.

"내가 개츠비입니다."

"뭐라고요! 아, 실례했습니다."

"아시는 줄 알았습니다, 형씨. 제가 주인 노릇을 제대로 못했군요."

그는 사려 깊은 미소를 지었다. 아니, 사려 이상을 담은 미소를 지었다. 영원히 변치 않을 듯한 확신을 내비치는 미소였다. 잠시 동안 최대한 호의적인 인상을 분명히 전달받았다고 말해 주는 미소였다.

하지만 곧 그 미소는 사라졌다. 어느새 내 앞에는 서른하고도 두세 살가량 더 먹은 단정하고 우아한 젊은이가 서 있었다. 하지만 격식을 차린 말투는 가까스로 어리석다는 느낌을 벗어나는 수준이었다. 자기소개를 하기 직전까지 그가 말을 조심스럽게 골라 쓰고 있다는 인상이 강하게 들었다.

바로 그때, 집사가 급히 그에게 다가와 시카고에서 전화가 왔다고 전했다. 그는 우리를 한 사람씩 돌아보면서 고개를 살짝 숙이며 실례하겠다고 말했다.

“뭐든지 필요하신 게 있으면 부탁하십시오.”

그는 나에게 정중히 말했다.

“그럼 이만 실례하겠습니다. 나중에 다시 뵙지요.”

그가 가자마자 나는 즉시 조던에게 눈을 돌렸다. 놀라움을 그녀에게 확인시켜 줘야 할 것 같았기 때문이다. 나는 개츠비 씨가 멋쟁이에 몸이 비대한 중년 신사일 거라고 생각했다.

“저 사람은 어떤 사람입니까?”

“개츠비라는 사람일 뿐이에요.”

“어디 출신이냔 말입니다. 그리고 뭘 하는 사람이죠?”

“당신도 그 주제에 발동이 걸리셨군요. 글쎄요, 언젠가 옥스퍼드 대학 출신이라고 하더군요.”

그녀는 희미하게 미소를 띠며 대답했다. 개츠비의 희미한 배경이 드디어 형태를 잡아 가는 듯했지만 그녀의 미소는 곧 사라져 버렸다.

“하지만 난 믿지 않아요.”

“왜 믿지 않죠?”

“잘 모르겠어요. 어쩐지 거기에 다녔으리라고 생각되지 않아요.”

힘을 준 듯한 말투에서 다른 여자들이 하던 말이 떠오르자 호기심이 일었다. 개츠비가 루이지애나 주의 습지대 출신이거나 뉴욕 시의 이스트사이드 아래쪽 출신이라고 해도 믿었을지 모른다. 하지만 젊은 사람들은 어디인지도 모르는 곳에서 흘러 들어와서 뻔뻔스럽게 롱아일랜드 해협에 궁전 같은 저택을 사지는 않는다.

"어쨌든 그가 여는 파티는 굉장히 성대해요."

자질구레한 얘기라면 딱 질색이라는 듯 조던은 화제를 돌렸다.

"성대한 파티가 좋아요. 남의 눈에 띄지 않잖아요. 작은 파티에는 프라이버시라곤 없어요."

북소리가 크게 울리더니 오케스트라 지휘자의 목소리가 정원의 떠들썩한 소리를 압도했다.

"신사 숙녀 여러분! 개츠비 씨의 요청으로 여러분을 위해 블라디미르 토스토프 씨의 최근 작품을 연주하겠습니다. 지난 5월 카네기 홀에서 성황리에 연주되었습니다. 신문을 보신 분은 아시겠지만 커다란 반향을 불러일으킨 작품입니다. 아주 엄청난 반향이었지요!"

그러자 모든 사람이 웃음을 터뜨렸다.

"이 작품은 '블라디미르 토스토프의 세계 재즈의 역사'로 알려져 있습니다."

힘 있게 말을 맺었지만 토스토프의 곡은 내 귀에 제대로 들어오지 않았다. 대리석 계단에 서 있는 개츠비가 눈에 띄었기 때문이다. 햇볕에 그을린 피부는 보기 좋게 팽팽했고, 짧은 머리카락은 단정했다. 어떤 수상쩍은 그림자도 찾지 못했다. 다만 술을 마시지 않는다는 사실만이 손님들과 구별된다는 생각이 들었다. 손님들의 떠드는 소리가 커지면 커질수록 그는 더욱 빈틈없어 보였다.

"실례합니다."

개츠비의 집사가 갑자기 우리 옆에 나타났다.

"베이커 양이십니까? 개츠비 씨가 단둘이서 얘기를 나누고 싶다고 하십니다."

"나하고요?"

그녀가 놀라서 소리쳤다. 그녀는 놀라움의 표시로 눈썹을 추켜올리며 천천히 자리에서 일어나 집사를 따라갔다. 그녀는 맑고 상쾌한 아침에 골프장에서 처음 골프를 배우는 사람처럼 경쾌하게 움직였다.

벌써 2시가 다 되었다. 아직까지 남아 있는 여자들은 대개 남편과 싸우고 있었다. 조던의 일행으로 이스트에그에서 온 두 부부조차 다툼 끝에 뿔뿔이 흩어져 있었다. 홀은 술에 취하지 않은 두 남자와 몹시 화가 난 그들의 부인이 점령하고 있었다. 부인들은 격앙된 목소리로 서로를 위로했다.

"내가 기분을 좀 내려고만 하면 남편은 집에 가자고 해요."

"그렇게 이기적인 소리는 평생 처음 듣네요."

"우린 언제나 맨 먼저 집에 가는 편이에요."

"그런데 오늘 밤은 우리가 끝까지 남아 있는 손님이 되었다고."

두 남자 중 한 사람이 낮은 목소리로 말했다.

"오케스트라는 벌써 한 시간 전에 떠났소."

그렇게 심술궂게 나오다니 믿을 수 없다며 부인들이 입을 모았지만, 언쟁은 짧은 다툼으로 끝나 버리고 끝내 두 부인은 발버둥 치면서 끌려 나가고 말았다. 홀에서 하인이 모자를 가져오기를 기다리고 있는데, 조던 베이커와 개츠비가 서재에서 같이 걸어 나왔다. 개츠비가 뭔가 마지막으로 그녀에게 말을 하고 있었지만, 몇 사람이 그에게 작별 인사를 하려고 다가오자 그의 열성적인 태도가 돌연 굳어 버렸다.

조던 일행이 현관에서 그녀를 재촉하고 있었지만 그녀는 악수를 하느라 잠시 머뭇거렸다.

"방금 참으로 놀라운 얘기를 들었어요. 우리가 저기서 얼마나 오래 있었나요?"

"글쎄요, 한 시간쯤 됐을 거요."

그녀는 얼빠진 표정으로 말했다.

"하지만 말하지 않겠다고 맹세했으니 당신을 이렇게 애태울 수밖에 없네요. 연락 주세요. 전화번호부에서 시고니 하워드 부인 이름으로. 제 숙모세요."

그녀는 손을 흔들어 쾌활하게 인사하면서 일행 속으로 사라져 버렸다. 나는 처음 온 파티에 너무 늦게까지 남아 있는 게 좀 부끄러웠지만 개츠비를 중심으로 모여 있는 손님들과 마지막까지 어울렸다. 정원에서 알아보지 못해 미안하다는 말을 하고 싶었다.

"너무 염려하지 마세요, 형씨."

그 '형씨'라는 친근한 말보다는 내 어깨를 토닥이는 손길이 훨씬 더 친밀하게 느껴졌다.

"내일 아침 9시에 수상 비행기 타기로 한 것, 잊지 마십시오."

그때 집사가 그의 뒤에서 말했다.

"필라델피아에서 전화가 왔습니다."

"알았어, 잠깐만 기다려. 곧 간다고 해. 자, 그럼 안녕히들 가십시오."

그는 미소를 지었다. 마치 내가 마지막까지 남은 손님들 사이에 있어서 너무나 기쁘다는 듯한 미소였다.

"안녕히 가시오, 형씨. 안녕히 주무시오."

나는 잔디밭을 가로질러 집으로 향했다. 나는 뒤를 한번 돌아보았다. 오늘도 어김없이 웨이퍼 과자 같은 달이 개츠비의 저택위를 환히 비추어 밤하늘을 장식했다. 형식적인 작별 인사를 보내며 한 손을 들고 있는 집주인의 공허한 모습이 현관에 비쳤다.

지금까지 내가 써 놓은 것을 읽어 보면, 몇 주일 간격으로 사흘 밤 동안 일어난 사건들이 나를 완전히 사로잡은 것 같은 인상을 주고 있었다. 하지만 달리 생각해 보면 사람들로 붐비던 어느 여름에 일어난 우연한 사건에 지나지 않는다. 그때까지만 해도 나는 그 사건들보다 내 개인적인 일에 더 관심이 많았다. 나는 대부분의 시간을 일을 하며 보냈다. 회계과에서 일하는 아가씨와 짧게나마 연애도 했다. 그런데 그녀의 오빠가 나를 심술궂은 눈빛으로 보는 바람에, 그녀가 7월에 휴가 간 것을 계기로 조용히 정리했다.

나는 한동안 조던을 보지 못하다가 한여름에 그녀를 다시 만났다. 처음에는 그녀가 골프 챔피언이라 모든 사람이 그녀를 알고 있었기 때문에, 우쭐하는 마음에 그녀와 여기저기 돌아다녔다. 그러다가 상황이 그 이상으로 진전되었다. 실제로 나는 그녀를 사랑하지는 않았지만, 애정이 깃든 호기심 같은 감정을 느끼고 있었다. 우리가 워릭에서 열린 파티에 함께 갔을 때, 그녀는 빌려 온 자동차의 지붕을 열어 놓은 채 빗속에 세워 두고는 거짓말을 했던 것이다. 그러자 문득 나는 데이지의 집에 갔을 때는 미처 떠오르지 않았던 그녀에 관한 이야기가 기억났다. 처음으로 참가했던 골프 대회에서 거의 신문에까지 날 뻔한 소동이 있었다. 준결승 때 그녀가 치기 어려운 곳에 떨어진 골프공을 옮겨 놓았다는 소문이 돌았던 것이다. 그 사건은 추문으로까지 확대되더니 유야무야되고 말았다. 캐디 한 사람은 자신의 진술을 취소했고, 단 한 명뿐이었던 다른 목격자는 자신이 잘못 보았을지도 모른다고 인정했다. 그러나 그 사건과 이름은 내 마음속에 함께 남아 있었다.

우리가 자동차 운전에 관해 묘한 대화를 주고받은 것도 바로 그 워릭에서 열린 파티에서였다. 이야기의 발단은 그녀가 지나가는 일꾼들 곁으로 차를 바짝 몰고 가다가, 그만 차의 흙받기로 그중 한 사람의 외투 단추를 건드린 일이었다.

"운전 솜씨가 형편없군요. 좀 더 조심하든가 아예 운전을 하지 말든가 해야겠소."

"조심하고 있어요."

"아니, 당신은 그러지 않아요."

"그럼 다른 사람들이 조심하겠지요."

그녀가 가볍게 대꾸했다.

"그게 무슨 관계가 있소?"

"그들이 비켜 간 게 아니냐 말이에요. 사고가 나려면 양쪽 다 실수를 해야 한다고요."

“만약 당신처럼 부주의한 사람을 만나게 되면 어떻게 하려고
요?”

“그럴 일이 없기를 바라요.”

“난 조심성 없는 사람을 끔찍이도 싫어하거든요. 당신을 좋
아하는 이유도 거기 있지요.”

뜨거운 햇볕에 지친 그녀의 잿빛 눈은 곧장 앞을 보고 있었
지만, 그녀는 의도적으로 우리의 관계를 변화시킨 것이었다. 그
순간 나는 그녀를 사랑한다고 생각했다. 사람은 누구나 자신이
기본적인 덕목 중 적어도 한 가지는 갖추고 있다고 생각하는데,
나 자신이 바로 내가 알고 있는, 얼마 안 되는 정직한 사람 중 하
나라는 것이다.

제 4 장

일요일 아침, 교회 종소리가 해변 마을에 울려 퍼지는 동안 상류 사회 사람들이 개츠비의 저택에 돌아와 잔디밭에 찬란한 빛을 뿌리고 있었다. 젊은 부인들이 개츠비의 칵테일 바와 꽃밭 사이를 오가며 말했다.

언젠가 기차 시간표의 빈 자리에 그해 여름 개츠비의 저택에 왔던 사람들의 이름을 적어 놓은 적이 있다. 이제는 쓸모없는 낡은 종이 쪼가리가 되어 다 해지고 위쪽에 '이 시간표는 1922년 7월 5일까지만 유효함'이라고 적혀 있는 시간표이다. 그러나 희미하게 남아 있는 이름을 볼 수 있는데, 개츠비의 환대를 받고서도 그에 관해 모른다는 찬사 같지 않은 찬사로 보답하던 사람들에 대해 내가 뭉뚱그려 말하는 것보다 분명한 인상을 줄 수 있을 것이다.

이스트에그에서는 체스터 베커 부부, 리치 부부, 예일 대학에서 알고 지냈던 번슨, 웹스터 시벳 박사, 혼빔 부부와 윌리 볼테어 부부, 블랙벅 일가 등이 왔다. 클래런스 엔다이브는 흰색 니커보커스를 입고 꼭 한 번 왔었는데, 그때 정원에서 에티라는 부랑자와 싸움을 벌였다. 웨스트에그에서는 폴 부부, 멀레디 부부, 세실 로벅과 세실 쇼언, 주 의회 상원 의원인 뉴턴 오키드, 에크하우스트, 클라이드 코언, 돈 S. 슈워츠, 아서 맥카티 등이 왔는데, 모두 영화와 관계가 있는 사람들이었다. 흥행주인 다 폰타노도 왔고, 에드 리그로스와 제임스 B. 페릿, 드 종 부부, 어니스트 릴리가 왔다. 클립스프링어라는 남자는 너무 자주, 너무 오래 머물러 '하숙생'으로 통했다. 그에게 다른 집이 있었는지 의심스럽다.

이 사람들 외에도 포스티나 오브라이언, 베데커 가문의 여자들과 전쟁 중에 총에 맞아 코가 날아가 버린 젊은 브루어, 올브럭스버거 씨와 약혼녀 하그 양, 아디터 피츠피터스, 미국 재향군인회 회장을 지낸 P. 주웨 씨, 자신의 운전기사로 알려져 있는 남자와 같이 온 클로디아 힙 양, 그리고 우리가 공작이라고 부른 어느 나라의 왕자인가 하는 사람이 있었는데, 이름은 잊어버리고 말았다. 이 사람들 모두 그해 여름 개츠비 저택에 왔다.

　7월 하순의 어느 날 아침 9시에 개츠비의 호화로운 자동차가 돌이 많은 차도를 비틀거리며 올라와 우리 집 문 앞에서 세 가지 음정의 멜로디로 경적을 울려 댔다. 그가 나를 찾아온 것은 이번이 처음이었다.

　"잘 있었소, 형씨? 오늘 저하고 점심이나 같이 합시다. 제 차로 함께 가지요."

　그는 미국인 특유의 몸짓으로 자동차 흙받기 위에서 균형을 잡고 있었다. 나는 그가 젊었을 때 무거운 물건을 들거나 오랫동안 가만히 앉아 있어 본 적이 없는 데다가, 우리가 때때로 벌이는 그 긴장되는 게임의 형식 없는 우아함 때문에 이런 습관이 생겼으리라 짐작한다. 이런 특성은 끊임없이 그의 딱딱한 태도를 깨고 불안정한 모습으로 나타났다. 그는 잠시도 가만히 있질 못했다. 그는 감탄하며 자동차를 바라보고 있는 나를 쳐다보았다.

　"차 멋있죠, 형씨?"

　짙은 크림색에 니켈이 번쩍이고, 겹겹의 앞 유리는 태양을 여러 개로 반사하여 빛의 미로를 만들고 있었다. 그 여러 겹의 유리창 뒤에 자리한 일종의 녹색 가죽 온실 같은 자동차를 타고 우리는 시내를 향해 출발했다. 나는 지난달에 그와 대여섯 번쯤

이야기를 나눴지만 실망스럽게도 그에겐 화젯거리가 별로 없었다. 뭐라고 못 박을 수는 없지만, 중요한 인물일 거라는 첫인상은 차츰 사라지고 단순히 이웃의 화려한 여관집 주인으로 보이기 시작했다.

그러던 차에 당혹스럽게도 자동차를 함께 타고 가게 된 것이다. 웨스트에그에 도착하기 전에 개츠비는 우아한 말투를 버리고는 캐러멜 색의 양복 무릎을 막연히 탁탁 치기 시작했다.

"이보시오, 형씨. 나를 어떻게 생각하십니까?"

나는 약간 당황하여 적절한 답을 찾아 중얼거렸다.

"그럼 내 인생 얘기를 좀 해 드려야겠군요. 다른 데서 들은 이야기를 통해 나에 대해서 잘못 생각하지 않았으면 하니까요."

그는 자기 집 홀에서 오간 이야기에 담긴 미묘한 비난들을 알고 있는 모양이었다. 그는 신의 처벌을 멈추게 하려는 듯 갑자기 오른손을 쳐들었다.

"맹세코 진실을 말씀드리지요. 중서부의 어떤 부잣집에서 태어났지요. 가족은 모두 죽고 없습니다. 미국에서 자랐지만 교육은 옥스퍼드에서 받았어요. 선조 대대로 그곳에서 교육을 받아 왔거든요. 집안 전통이죠."

그는 곁눈질로 나를 쳐다보았다. 그 순간, 조던 베이커가 왜 그의 말이 거짓말이라고 믿는지 알 수 있었다.

"중서부 어디 출신이십니까?"

나는 아무렇지도 않게 물었다.

"샌프란시스코요. 가족이 모두 죽는 바람에 거액의 유산을 상속받게 됐지요. 그 뒤 전 젊은 왕자처럼 파리, 베네치아, 로마 같은 유럽의 수도에서 살면서 보석, 주로 루비를 수집하고 사파리 사냥을 하며 살았지요. 오래전에 있었던 슬픈 일을 잊으려고 하면서 말입니다."

나는 그의 말에 터무니없게 웃음이 터져 나오려는 것을 간신히 참았다.

"그러다가 전쟁이 일어났고, 나는 중위로 임관하였지요. 아르곤 숲 전투에서 기관총 부대를 너무 전진시키는 바람에 양쪽 편에 반 마일가량 틈이 생겨 보병 부대가 앞으로 나올 수 없는 상황이 되었어요. 그래서 병사 130명이 이틀 낮 이틀 밤을 꼬박 그곳에 머물렀고, 마침내 보병이 왔을 때 시체 더미 속에서 독일군 3개 사장의 휘장을 발견했지요. 나는 소령으로 승진했고, 가는 곳마다 연합국 정부에서 훈장을 달아 주더군요. 심지어 몬테네그로, 저 아드리아 해에 있는 그 작은 몬테네그로에서까지 훈장을 달아 줬으니까요!"

작은 몬테네그로! 그는 목소리를 높여 발음하면서 고개를 끄덕였다. 미소를 지으면서 말이다. 그 미소는 몬테네그로의 수난

의 역사를 이해하며 그곳 사람들의 용감한 투쟁을 동정하는 듯
했다. 개츠비는 호주머니에서 리본이 달린 금속 하나를 꺼내 내
손바닥에 떨어뜨렸다.

"몬테네그로에서 준 거지요."

놀랍게도 그 훈장은 진짜처럼 보였다. '다닐로 훈장'이라고
쓰인 금속 가장자리에는 '몬테네그로, 니콜라스 왕'이라는 글
자가 둥그렇게 새겨져 있었다.

"뒤집어 보세요."

나는 '제이 개츠비 소령의 무공을 기리며'라는 문구를 소리
내어 읽었다.

"여기 또 내가 늘 갖고 다니는 게 있지요. 옥스퍼드 시절의 기
념물입니다. 트리니티 대학 구내에서 찍은 겁니다. 내 왼쪽 옆
에 있는 친구가 현재 동캐스터 백작이지요."

사진에는 플란넬 운동복을 입은 청년 대여섯이 아치 아래서
빈둥거리고 있고, 뒤쪽으로 뾰족탑이 보였다. 거기에 크리켓 배
트를 들고 있는 약간 젊어 보이는 개츠비가 있었다. 나는 그랜
드 운하에 있는 그의 저택에서 불타오르는 듯 번득이는 호랑이
가죽을 보았다. 루비 상자를 열고 반짝이는 보석을 바라보며 마
음의 상처를 달래고 있는 그의 모습을 보았다.

"오늘 어려운 부탁을 하나 드리려고 합니다."

그는 만족스러운 표정으로 기념품들을 호주머니에 넣으며
말했다.

"그래서 당신이 나에 관해 좀 알아 두는 게 좋겠다고 생각했
지요. 아시다시피 난 주로 낯선 사람들과 지내는데, 그건 나에
게 일어났던 슬픈 일을 잊으려고 떠돌아다니기 때문이에요."

그는 잠시 머뭇거렸다.

"오늘 오후에 그 얘기를 듣게 될 겁니다."

"점심 먹으면서요?"

"아뇨, 오후에요. 난 우연히 당신이 베이커 양과 차를 마시러
다닌다는 사실을 알았지요."

"베이커 양을 사랑하고 계신다는 말입니까?"

"그게 아니에요, 형씨. 난 그녀를 사랑하지 않습니다. 하지만
베이커 양은 친절하게도 이 문제에 관해 당신에게 말을 해 주겠
다고 하더군요."

나는 '이 문제'라는 것이 무엇인지 짐작도 가지 않았지만 그
부탁이란 것이 터무니없는 일일 거라는 확신이 들자, 사람들이
득실거리는 그의 잔디밭에 발을 들여놓은 것이 후회가 되었다.
그는 더 이상 말하지 않았다. 뉴욕 시에 가까워지자 그의 태도
는 더욱 반듯해졌다.

선풍기가 잘 돌아가는 42번가의 지하 레스토랑에서 나는 개

츠비와 점심을 먹기로 했다. 바깥 거리의 햇살 때문에 눈을 끔벅거리다가 대기실에서 다른 사람과 이야기를 나누고 있는 그를 겨우 알아보았다.

"캐러웨이 씨, 이쪽은 제 친구 울프심 씨입니다."

체구가 작고 코가 납작한 유대 인이 커다란 머리를 쳐들고 나를 바라보았는데, 양쪽 콧구멍에는 코털이 무성했다. 울프심은 진지하게 내 손을 잡고 흔들어 대며 말했다.

"사업 거래선을 찾고 있는 모양이로군."

'사업'과 '거래선'이라는 말이 연달아 나오자 나는 좀 놀랐다. 개츠비가 나 대신 대답했다.

"아, 아닙니다. 이 친구는 그 사람이 아니에요!"

"아니라고?"

울프심은 실망하는 것 같았다.

"이 사람은 그냥 친구예요."

"미안하이. 사람을 잘못 봤군그래."

잘게 썬 고기가 나오자 울프심은 옛 메트로폴의 감상적인 분위기는 잊어버리고 게걸스럽게 먹기 시작했다. 그러면서도 눈으로는 천천히 식당 주위를 두루 살폈다. 바로 뒤에 있는 사람들까지 등을 돌려 살펴보고 나서야 한 바퀴 살피는 일이 모두 끝났다.

개츠비가 나한테로 몸을 기울이며 말했다.

"오늘 아침 차에서 당신 기분을 상하게 하지 않았는지 걱정입니다."

예의 그 미소가 다시 얼굴에 떠올랐지만 이번에는 나도 굽히지 않았다.

"나는 비밀을 싫어합니다. 당신이 왜 툭 터놓고 원하는 것을 말하지 않는지 알 수 없군요. 왜 베이커 양을 통해서만 해야 합니까?"

"아, 비밀은 없어요. 베이커 양은 훌륭한 선수 아닙니까. 옳지 않은 일은 하지 않아요."

갑자기 그는 시계를 보더니 자리를 박차고 일어나 울프심과 나를 테이블에 남겨 둔 채 급히 밖으로 나갔다.

"전화를 걸 일이 있어서 그래."

그의 뒷모습을 눈으로 좇으며 울프심이 말했다.

"좋은 친구지. 안 그런가? 얼굴도 미남인 데다 나무랄 데 없는 신사야."

"그래요."

"그는 영국에 있는 옥스퍼드 대학에 다녔어. 옥스퍼드 대학 아시나?"

"네, 들어 봤습니다."

"세계에서 제일 유명한 대학 중의 하나야."

"개츠비 씨를 아신 지 오래되었나요?"

"몇 년 되네. 운 좋게도 전쟁 직후에 그와 알게 되었지. 한 시간 동안 그와 얘기하고 나니 교양 있는 사람을 만났구나 하는 생각이 들었어. '집에 데려가서 어머니와 누이동생에게 소개해 주고 싶은 사람이군' 하고 혼잣말을 할 정도로 말이야."

그는 잠시 말을 끊었다.

"내 커프스단추를 쳐다보고 있군그래."

사실 나는 단추를 보고 있지 않았지만 그가 그렇게 말하는 바람에 쳐다보게 되었다. 이상하게도 친근감이 가는 상아로 만든 단추들이었다.

"인간의 어금니로 만든 최고급품이지."

"그랬군요! 참 흥미로운 발상이네요."

"그렇지."

그는 소매를 번쩍 치켜들었다.

"그래, 개츠비는 여자에게 퍽 조심스럽지. 친구 마누라는 쳐다보지도 않으려고 해."

본능적으로 믿고 있는 상대가 돌아와서 테이블에 앉자, 울프심은 커피를 훌쩍 마시고 자리에서 일어섰다.

"점심 잘 먹었네. 자네들은 여기 앉아서 스포츠랑 젊은 아가씨들 이야기를 하라고. 그리고 나로 말하면 나이가 쉰이니 더 이상 자네들을 귀찮게 하고 싶지 않네."

악수를 하고 돌아설 때 보니 그의 비극적인 코가 떨리고 있었다.

"도대체 뭐 하는 사람인데요? 연극배우인가요?"

"마이어 울프심이? 아니, 그는 도박사입니다. 1919년 월드 시리즈를 조작한 장본인이지요."

"월드 시리즈를 조작해요?"

나는 머리가 다 아찔했다. 물론 1919년에 월드 시리즈가 조작된 사실을 기억하고 있었지만, 그 사건은 우연히 발생한 일이라고 생각했다. 한 인간이 오천만 명이나 되는 사람의 믿음을 갖고 놀 수 있으리란 생각은 전혀 하지 못했던 것이다.

"어떻게 그런 일이 일어날 수 있습니까?"

나는 잠시 뒤에 물었다.

"기회를 잡았던 거지요."

"왜 감옥에 들어가 있지 않죠?"

"그 사람을 잡아넣지는 못해요, 형씨. 영리한 사람이니까."

나는 점심 값을 내겠다고 고집했다. 웨이터가 거스름돈을 가지고 왔을 때, 사람들이 붐비는 방 건너편에 톰 뷰캐넌이 있는 것이 눈에 띄었다.

"잠깐만 저를 따라오세요. 인사할 사람이 있어서요."

톰은 나를 보자 자리에서 벌떡 일어나 우리 쪽으로 대여섯 걸음 다가왔다.

"그동안 어디 있었나? 자네한테서 연락이 없다고 데이지가 몹시 화내고 있어."

"이쪽은 개츠비 씨, 그리고 뷰캐넌 씨."

그들은 짧게 악수했는데, 개츠비의 얼굴이 굳어지면서 당황스러워하는 표정이 떠올랐다.

"도대체 그동안 어디에 있었난 말이야? 오늘은 어쩌다 이렇게 멀리까지 식사를 하러 왔고?"

"개츠비 씨와 함께 점심을 했네."

나는 개츠비 쪽으로 몸을 돌렸지만 그는 이미 자리를 뜨고 없었다.

그날 오후, 조던 베이커는 플라자 호텔 커피숍의 딱딱한 의자에 몸을 꼿꼿이 세우고 앉아서 이렇게 말했다.

"1917년 10월 어느 날이었지요. 저는 보도에서 잔디밭으로 걷고 있었어요. 잔디밭 쪽이 더 기분이 좋았지요. 밑창에 고무가 붙어 있는 영국산 구두를 신고 있어서 부드러운 잔디에 쏙쏙 잘 박혔거든요. 데이지는 저보다 두 살 위로 막 열여덟 살이 되었는데, 루이빌의 젊은 아가씨 중에서 가장 인기가 있었지요.

그녀는 흰옷을 입고 흰색의 소형 로드스터를 몰고 다녔어요. 데이지의 집에는 하루 종일 전화벨이 울려 댔죠. 캠프 테일러에서 온 젊은 장교들이 단 한 시간이라도 그녀를 독차지하려고 야단법석을 떨었거든요. 그날 아침 그녀의 집에 와 보니 흰색 로드스터가 길모퉁이에 서 있고, 차 안에 처음 보는 중위와 그녀가 보였어요. 서로에게 어찌나 열중해 있는지, 제가 가까이 가도 알아보지 못하는 거예요.

'안녕, 조던. 이리 좀 와 봐.'

그녀가 저와 말을 하고 싶어 한다고 생각하자 우쭐했어요. 저보다 나이가 위인 여자들 중에서 데이지가 제일 좋았거든요. 그녀는 적십자사로 붕대 만들러 가는 길이냐고 물었어요. 나는 그렇다고 대답했지요. 그랬더니 자기는 갈 수 없다고 전해 달라고 하더군요. 장교는 데이지가 말하는 줄곧 그녀를 쳐다보고 있었는데, 젊은 아가씨라면 누구나 받고 싶을 만한 그런 시선이었지요. 그의 이름이 바로 제이 개츠비였고, 전 그 뒤로 사 년 넘게 그 사람을 보지 못했어요. 심지어 나중에 롱아일랜드에서 만났을 때도 그가 그 사람인 줄 몰랐죠.

그게 1917년의 일이었어요. 이듬해 제게도 애인이 몇 사람 생겼고, 골프 시합에 나가면서 데이지를 자주 만나지 못했어요. 그녀가 어울리는 사람들은 그녀보다 약간 나이가 많았어요. 그런데 이상한 소문이 돌았어요. 어느 겨울밤, 데이지가 해외로 가는 한 군인을 전송하러 뉴욕에 가려다가 어머니한테 들켰대요. 가지 못하게 된 그녀는 몇 주일 동안 식구들과 말도 하지 않았대요. 그 일이 있은 뒤 그녀는 더 이상 군인들과 사귀지 않았어요.

하지만 이듬해 가을에 데이지는 다시 명랑해졌어요. 세계 대전이 휴전에 들어간 후 사교계에 데뷔하더니 2월에 뉴올리언스 출신의 남자와 약혼했다는 얘기가 있었죠. 그런데 6월이 되자 그녀는 시카고의 톰 뷰캐넌과 결혼했어요. 루이빌에서는 일찍이 보지 못한 성대한 결혼식이었지요. 자동차 넉 대에 백여 명의 사람을 태우고 실바크 호텔 한 층을 통째로 빌렸고, 결혼식 전날에는 그녀에게 35만 달러짜리 진주 목걸이를 선물했어요.

저는 신부 들러리였어요. 피로연이 열리기 삼십 분 전에 신부 방에 들어가 보니, 그녀는 꽃 장식을 한 드레스를 입고 6월의 밤처럼 아름답게 침대에 누워 있었어요. 그런데 곤드레만드레 취해 있는 거예요. 한 손에는 백포도주 병을 쥐고, 다른 손에는 편지를 들고 있었어요.

'축하해 줘. 술을 마셔 본 적이 없는데 왜 이렇게 기분이 좋을까.'

'데이지, 도대체 왜 그러는 거야?'

나는 겁이 났어요. 정말이에요. 술 취한 여자를 본 적이 없었거든요. 그녀는 침대 위에 올려놓은 휴지통을 뒤지더니 진주 목걸이를 꺼냈어요.

'임자가 누구든 이걸 그 사람한테 돌려줘. 가서 데이지의 마음이 변했다고 말이야!'

그녀는 울기 시작했어요. 울고 또 울었지요. 나는 데이지 어머니의 하녀를 찾아 왔어요. 문을 걸어 잠근 뒤 찬물을 채운 욕조 속에 그녀를 집어넣었어요. 그래도 손에 쥔 편지는 놓지 않더군요. 그 편지를 갖고 욕조 속에 들어가더니 물에 담가 쥐어짜서 덩어리를 만들고 눈송이처럼 흩어지는 것을 보고서야 비누 접시에 버리는 게 아니겠어요.

우리는 정신을 차리게 한 다음 이마에 얼음을 얹어 주고 다시 드레스를 입혀 주었지요. 그리고 삼십 분 뒤 방에서 나왔을 때 진주 목걸이는 제대로 목에 걸려 있었고, 그렇게 해프닝은 끝이 났어요. 이튿날 5시에 그녀는 조금도 떨지 않고 톰 뷰캐넌과 결혼식을 올렸고, 석 달 예정으로 남태평양으로 신혼여행을 떠났지요. 그들이 돌아왔을 때 산타바르바라에서 만났는데, 남편에게 그렇게 미쳐 있는 여자는 처음 보았어요. 그가 잠깐만 방을 나가도 불안하게 방 안을 돌아보며 이렇게 말하는 거예요.

'톰이 어디 갔지?'

그때가 8월이었어요.

내가 산타바르바라를 떠난 지 일주일 뒤 톰이 몰던 차가 벤투라 가도에서 왜건과 충돌해 앞바퀴가 빠져 버린 사고가 있었어요. 같이 타고 있던 여자의 팔이 부러졌기 때문에 신문에 났지요. 그녀는 산타바르바라 호텔에서 청소부로 일하는 여자였어요.

이듬해 4월, 데이지는 딸을 낳았고 그들은 일 년 동안 프랑스에 있었지요. 저는 어느 해 봄 칸에서 그들을 만났고 그다음엔 도빌에서 보았는데, 그 뒤 그들은 정착하기 위해 시카고로 돌아왔어요. 아시다시피 데이지는 시카고에서 인기가 있었어요. 그녀는 아주 평판이 좋았지요. 아마 술을 마시지 않았기 때문일 거예요. 그런데 약 육 주일 전에 데이지는 몇 년 만에 처음으로 그의 이름을 다시 들은 거예요. 바로 제가 당신에게 물었을 때에요. 기억나세요? 웨스트에그에 사는 개츠비라는 사람을 아느냐고 물었잖아요. 당신이 집으로 돌아간 뒤 내 방에 들어와 나를 깨우더니 이렇게 물어보더라고요.

'개츠비라니, 어느 개츠비 말이야?'

그래서 제가 이러저러한 사람이라고 말해 줬지요. 저는 반쯤 잠들어 있었거든요. 그러자 그녀는 아주 이상한 목소리로 자기가 알고 있는 사람임에 틀림없다고 하는 거예요. 그때서야 비로소 데이지의 하얀 자동차를 타고 있던 장소와 개츠비를 연관시키게 됐지요."

플라자 호텔을 떠나 빅토리아 자동차를 타고 센트럴 파크를 지날 때 이야기를 마쳤다.

"참으로 기묘한 우연이군요."

"하지만 그건 우연이 아니었어요."

"아니라니요?"

"개츠비가 그 집을 산 것은, 데이지가 바로 그 건너편에 살고 있기 때문이었어요."

그렇다면 그 6월의 밤에 그가 바라보던 것은 밤하늘의 별만이 아니었을 터이다. 아무런 목적도 없이 호화롭기만 했던 장막이 걷히고 그의 모습이 생생하게 다가왔다.

"그는 언젠가 데이지를 집으로 초대하게 되면 자기도 불러줄 수 있는지 알고 싶어 해요."

이토록 겸손한 요청을 듣자 나는 놀라서 몸이 다 떨렸다. 그는 오 년을 기다려서 저택을 산 다음 우연히 날아드는 나방들한테 빛을 나눠 주었던 것이다. 정작 자신은 언젠가 남의 집 정원에 건너갈 수 있기만을 바라며 말이다.

"이런 자초지종을 내게 알리지 않고는 그런 간단한 부탁도 할 수 없었던 걸까요?"

“그는 두려워하고 있어요. 오랫동안 기다려 왔으니까요. 또 당신 기분을 상하게 할까 봐 걱정하는 마음도 있고요. 그러면서도 이 일에 강하게 집착하고 있지요.”

어쩐지 불안한 마음이 생겼다.

“왜 그 사람은 당신에게 직접 만나게 해 달라고 부탁하지 않는 겁니까?”

“그는 데이지에게 자기 집을 보여 주고 싶은 거예요. 당신 집이 바로 옆에 있잖아요.”

“아, 그렇군요!”

“어느 날 밤 그녀가 자기 파티에 들르기를 바랐나 봐요. 하지만 오지 않았어요. 그래서 사람들에게 그녀를 아는지 묻기 시작했고, 찾아낸 사람이 바로 저였어요. 파티에서 나를 불렀던 바로 그날 말이에요. 얼마나 조심스럽게 얘기를 꺼냈는지 몰라요. 물론 저는 뉴욕에서 점심을 같이 하자고 했지요. 그런데 그는 ‘상식에서 벗어나는 행동은 하기 싫습니다! 그녀를 옆집에서 만나고 싶어요’라고 말하더군요. 당신이 톰의 특별한 친구라는 얘기를 해 주자 계획을 전부 포기하려 했어요. 혹시나 데이지의 이름이 눈에 띌까 해서 몇 해 동안 시카고 신문을 읽었다고는 해도 말이지요.”

벌써 날이 어두워져 있었다. 작은 다리 아랫길로 마차가 들어

섰을 때 저녁을 먹자고 제의했다. 갑자기 데이지와 개츠비에 대한 생각이 머릿속에서 사라졌다. 그 대신 깔끔하고 냉정하며 조금 편협하기도 하고 냉소적인 구석도 있는 이 여자, 내 품에 태연하게 몸을 기대고 있는 이 여자에 대한 생각이 머리를 가득 채웠다.

"그리고 데이지의 삶에도 뭔가 있어야 해요."

조던이 나에게 중얼거렸다.

"데이지는 개츠비를 만나고 싶어 합니까?"

"개츠비는 이 사실을 모르길 원해요. 당신은 데이지를 초대하기만 하면 돼요."

장벽처럼 늘어선 어두운 나무들을 지나자 59번가 앞쪽으로 아늑하지만 창백한 불빛이 공원을 비추고 있었다. 나는 옆에 있는 여자를 두 팔로 조이며 바짝 끌어당겼다. 조소하는 듯한 창백한 입으로 그녀가 미소를 짓자, 내 얼굴 쪽으로 더욱 가까이 끌어당겼다.

제 5 장

그날 밤 웨스트에그로 돌아왔을 때 나는 집에 불이 났나 하고 놀랐다. 새벽 2시인데도 웨스트에그의 한 모퉁이 전체가 불빛으로 활활 타오르고 있었던 것이다. 모퉁이를 돌아선 뒤에야 나는 개츠비 저택에서 꼭대기부터 지하실까지 불을 밝혀 놓은 것을 알았다.

또 파티가 열렸나 보다 하고 생각했다. 시끌벅적한 파티를 벌이다가 숨바꼭질이나 밀어내기 놀이를 하느라 온 집 안 창문을 활짝 열어젖히고 놀이터로 만든 줄 알았다. 그러나 아무 소리도 들리지 않았다. 전깃줄을 흔들어 마치 집이 어둠을 향해 윙크를 하는 것처럼 불을 깜빡이게 하는, 나무에 스치는 바람 소리뿐이었다. 내가 탄 택시가 부르릉거리며 달아나자, 개츠비가 잔디밭을 가로질러 나를 향해 걸어오는 모습이 보였다.

"집이 마치 세계 박람회장 같군요."

"그렇게 보입니까?"

그는 무심코 자기 집 쪽으로 눈을 돌렸다.

"방을 좀 돌아보고 있었지요. 우리 코니아일랜드에 갈까요, 형씨? 제 차로 말입니다."

"그러기에는 너무 늦었어요."

"그럼 풀장에 뛰어드는 건 어때요? 여름 내내 한 번도 쓰질 않았거든요."

"전 잠을 자야겠어요."

"그럼 할 수 없군요."

그는 조바심을 억누르고 나를 바라보며 기다렸다.

"베이커 양과 이야기를 나눴습니다. 내일 데이지에게 전화를 걸어 우리 집에 차를 마시러 오라고 할 겁니다."

나는 잠시 뒤 말했다.

"아, 그거 잘됐군요."

그는 무관심한 듯이 말했다.

"당신에게 폐를 끼치고 싶지 않습니다만."

"언제가 좋겠습니까?"

"당신은 언제가 좋습니까? 정말이지 폐를 끼치고 싶지 않아
서요."

"모레가 어떻겠습니까?"

그는 잠시 생각에 잠겼다. 그러고 나서 내키지 않는다는 듯이
이렇게 말했다.

"그날은 잔디를 깎았으면 하는데요."

우리는 동시에 잔디밭을 쳐다보았다. 초라한 우리 집 잔디가
끝나고 무성하고 잘 가꿔진 그의 저택의 잔디가 시작되는 경계
선이 뚜렷하게 보였다. 나는 그가 우리 집 잔디를 말하는 것이 아
닌가 하는 생각이 들었다. 그는 모호하게 말하면서 머뭇거렸다.

"의논드릴 일이 하나 더 있는데요. 저어, 제 생각엔…… 헌데
말이지요, 형씨. 당신은 수입이 그렇게 많은 편은 아니지요?"

"예, 그다지 많지는 않습니다만."

이 대답에 안심이 되었는지 그는 확신을 갖고 말을 이어 나
갔다.

"그럴 줄 알았지요. 실례였다면 용서하십시오. 부업으로 조그
만 사업을 하고 있습니다. 그래서 생각해 봤는데, 당신 수입이
많지 않다면……. 증권 판매 일을 하고 계시지요, 형씨?"

"그렇지요."

"그럼 이 일에 흥미가 당길 겁니다. 시간을 별로 들이지 않고

서도 꽤 많은 돈을 벌 수가 있거든요. 가끔 비밀에 붙여야 하는 일이 생기기는 하지만.”

그 제안이 내가 신경 써 준 것에 대한 보답임이 뻔했기 때문에 거절하는 것 외에 달리 선택의 여지가 없었다.

“지금 하고 있는 일도 벅찹니다. 고맙긴 하지만 다른 일은 할 수가 없어요.”

“울프심과 거래할 필요가 없는 일인데요.”

그는 점심 식사 때 나왔던 ‘사업 거래선’이라는 말 때문에 내가 염려한다고 생각하는 모양이었다. 나는 그런 것이 아니라고 분명하게 못 박았다. 그는 내가 뭐라고 말해 주기를 기다렸지만, 내가 다른 일에 정신이 팔린 뒤라 하는 수 없이 집으로 돌아갔다. 그날 저녁 나는 마음이 가볍고 행복했다. 우리 집 현관에 들어서면서 잠 속으로 걸어 들어가는 듯했다.

이튿날 아침, 나는 데이지에게 전화를 걸어 차를 마시러 오라고 초대했다.

“톰은 데리고 오지 않았으면 좋겠다.”

나는 그녀에게 주의를 시켰다.

“뭐라고요?”

“톰은 데리고 오지 말라고.”

“‘톰’이 누군데요?”

그녀가 순진한 목소리로 물었다.

약속한 날은 비가 심하게 내렸다. 11시가 되자 비옷을 입은 사람 하나가 잔디 깎는 기계를 들고 우리 집 문을 두드리더니 개츠비 씨가 우리 집 잔디를 깎으라고 보냈다고 했다. 순간, 예전에 데리고 있던 핀란드 인 가정부에게 와 달라고 일러두는 것을 잊어버렸음이 생각났다. 그래서 나는 웨스트에그 마을로 차를 몰고 가서, 비에 젖은 골목에서 그 여자를 찾아낸 다음 컵과 레몬과 꽃을 샀다.

꽃은 사지 않아도 되었다. 2시쯤 개츠비의 저택에서 수많은 화분과 함께 온실 전체를 옮겨오다시피 했기 때문이다. 한 시간 뒤 급하게 문을 열어젖히며 흰 플란넬 양복에 은색 셔츠를 입고 금색 넥타이를 맨 개츠비가 들어왔다. 그의 얼굴은 창백했고 눈 밑에는 거무스레하게 잠을 자지 못한 흔적이 있었다.

"준비가 다 되었나요?"

들어오자마자 그가 물었다.

"신문을 보니까 4시경 비가 그친다더군요. 모두 준비되었나요, 차를 마시는 데 필요한 건?"

그를 데리고 식료품 저장실로 가자 그는 핀란드 인 가정부를 못마땅한 듯 져나보았다. 우리는 함께 상점에서 배달되어 온 레몬 케이크 열두 개를 자세히 살펴보았다.

"이 정도면 괜찮을까요?"

"물론이지요, 괜찮고말고요! 아주 훌륭해요, 형씨!"

개츠비는 멍한 시선으로 클레이의 〈경제학〉을 들여다보다가 핀란드 인 가정부가 부엌 마룻바닥을 울리며 걷는 소리에 놀라기도 하고, 놀라운 사건이 밖에서 일어나고 있다는 듯이 흐려진 창으로 시선을 던지기도 했다. 마침내 그는 자리에서 일어서더니 힘없는 목소리로 집에 가 봐야겠다고 말했다.

"왜 그러십니까?"

"아무도 차를 마시러 오지 않잖아요. 시간이 너무 늦었어요!"

그는 마치 다른 약속이 있기라도 한 듯 자기 시계를 들여다보았다.

"하루 종일 기다릴 순 없잖습니까."

"바보처럼 굴지 마세요. 아직 4시 20분 전이에요."

마치 내가 억지로 주저앉히기라도 한 것처럼 그는 비참한 모습으로 자리에 다시 앉았다. 바로 그때 우리 집의 좁은 길로 돌아 들어오는 자동차 소리가 들렸다. 우리는 함께 벌떡 일어났고, 나는 약간 어리둥절해진 채 뜰로 나갔다. 물방울이 떨어지는 라일락 나무 밑으로 커다란 오픈카 한 대가 차도를 따라 올라와 멈췄다. 보라색 모자 밑으로 고개를 기울인 데이지가 밝고 황홀한 미소를 띠며 나를 쳐다보았다.

"오빠, 정말로 여기 살고 계신 거예요?"

활기찬 그녀의 목소리는 빗속에서 강한 음조로 울렸다. 내가 자동차에서 내리는 그녀를 도와주려고 잡은 손은 빗물에 젖어 번들거렸다. 그녀는 내 귀에다 대고 나지막하게 말했다.

"왜 혼자만 오라고 하셨죠?"

"그건 랙렌트 성의 비밀이지."

우리는 집 안으로 들어갔다. 놀랍게도 거실은 텅 비어 있었다.

"거참 이상한데!"

내가 소리를 질렀다.

"뭐가 이상해요?"

가볍게 현관문을 두드리는 소리가 들리자 그녀는 그쪽으로 고개를 돌렸다. 나는 나가서 문을 열어 주었다. 개츠비가 창백한 얼굴로 아령이라도 쥐고 있는 것처럼 외투 주머니에 두 손을 깊숙이 찌른 채 물웅덩이 속에 서 있었다. 두 손을 여전히 외투 주머니에 찌른 채 복도로 들어갔고, 마치 전깃줄에 닿은 것처럼 갑자기 돌아서더니 거실로 사라졌다. 그 장면은 조금도 우습지 않았다. 거실에서 나지막한 중얼거림과 짧은 웃음소리가 들렸고, 이어서 데이지의 꾸민 듯한 맑은 목소리가 들렸다.

"나시 만나게 되어 정말로 기뻐요."

그리고 말이 끊겼다. 견딜 수 없는 침묵이었다. 개츠비는 여전히 두 손을 호주머니에 찌른 채 억지로 편안한 척하며 벽난로 장식에 몸을 기대고 있었다. 너무 뒤로 젖힌 나머지 머리가 고장 난 벽난로 장식용 시계의 글자판에 닿을 지경이었다. 그는 이런 자세로 놀라워하면서도 우아한 자세를 잃지 않는 데이지를 내려다보고 있었다.

"우린 전에 만난 적이 있지요."

개츠비가 중얼거렸다. 그 순간, 시계가 그의 머리에 눌려 위험하게 옆으로 기울자 그는 돌아서서 떨리는 손가락으로 시계를 붙잡아 제자리에 올려놓았다. 그러고는 뻣뻣하게 앉아 팔꿈치를 소파의 팔걸이에 올려놓고 손으로 턱을 고였다.

"시계를 건드려서 죄송합니다."

그가 말했다. 이제는 내 얼굴이 뻘겋게 달아올랐다.

"낡은 시계인걸요."

한순간 모두들 시계가 바닥에 떨어져 산산조각이 났다고 믿는 것 같았다.

"우린 여러 해 동안 만나지 못했지요."

데이지는 될 수 있는 대로 아무렇지도 않은 목소리로 말했다.

"오는 11월이면 오 년째가 됩니다."

개츠비의 기계적인 대답에 우리는 잠시 동안 침묵에 빠졌다. 나는 가까스로 머리를 짜내 차를 마련하는 것을 도와달라며 두 사람을 자리에서 일어나게 했지만, 바로 그 순간 마귀 같은 핀란드 여자가 쟁반 위에 차를 받쳐 들고 왔다.

찻잔과 케이크를 받으며 법석대는 중에 자연스럽게 예의가 갖추어졌다. 개츠비는 그늘진 곳으로 옮겨 갔고, 데이지와 내가 이야기를 나누는 동안 긴장되고 불행해 보이는 눈빛으로 우리를 번갈아 쳐다보았다. 그러나 조용히 침묵을 지키자고 만난 것이 아니었기 때문에, 나는 첫 번째 기회를 틈타 양해를 구하고 자리에서 일어섰다.

“어디 가십니까?”

그 즉시 개츠비가 놀라면서 물었다.

“금방 돌아올 겁니다.”

나는 뒤쪽 길로 걸어 나갔다. 개츠비가 삼십 분 전에 안절부절못하며 집을 한 바퀴 돌았을 때 그랬던 것처럼 말이다. 그러고는 무성한 잎이 비를 막아 주는 검은 나무 쪽으로 뛰어갔다. 나무 밑에서는 개츠비의 거대한 저택 말고는 아무것도 보이지 않았다. 그래서 나도 칸트가 교회의 뾰족탑을 보았듯이 삼십 분 동안 그 거대한 저택을 바라보았다.

삼십 분이 지나자 다시 햇살이 비치면서 식료품상 자동차가 개츠비네 하인들이 먹을 저녁거리를 싣고 저택의 차도를 돌아올라왔다. 이제 그들 곁으로 돌아갈 시간이었다. 나는 난로를 뒤집지 않았을 뿐 부엌에서 온갖 시끄러운 소리를 다 낸 뒤에 들어갔다. 그러나 그들이 무슨 소리를 들은 것 같지는 않았다. 그들은 질문이 허공에 떠 버린 것 같은 표정으로 서로 마주 보고 있었는데, 아까의 당황했던 흔적은 찾아볼 수 없었다. 데이지의 얼굴에는 눈물 자국이 있었고, 내가 들어가자 그녀는 벌떡 일어나 거울 앞에 가서 손수건으로 눈물 자국을 닦기 시작했다. 그러나 개츠비는 글자 그대로 찬란한 빛을 발하고 있었다. 희열을 드러내지는 않았지만, 새로운 행복이 그로부터 뿜어 나와 작은 방을 가득 채우고 있었다.

"아, 돌아오셨군요, 형씨."

그는 마치 몇 년 동안이나 나를 보지 못한 사람처럼 말했다. 순간적으로 나는 그가 악수를 하려는 게 아닌가 생각했다.

"비가 그쳤습니다."

"그래요?"

내 말을 듣고 방 안에 반짝이는 햇살이 비쳐 들고 있다는 것을 깨닫자, 그는 다시 비치는 햇살을 열광적으로 환영하는 기상 캐스터처럼 밝게 미소를 지으며 그 소식을 데이지에게 되풀이했다.

"어때요? 비가 그쳤다네요."

"제이, 기뻐요."

뼈저리게 슬픈 아름다움으로 가득 찬 그녀의 목소리가 예기
치 않은 기쁨을 말해 주었다.

"당신과 데이지가 우리 집에 오셨으면 합니다. 데이지에게
집 구경을 시켜 주고 싶어서요."

"나도 함께 말입니까?"

"물론이지요, 형씨."

데이지는 세수를 하려고 위층으로 올라갔다. 나는 화장실에
있는 수건이 깨끗하지 못한 것이 생각나 창피했지만 이미 때는
늦었다. 그동안 개츠비와 나는 잔디밭에서 기다렸다.

"우리 집 근사하죠, 안 그래요? 집 앞 전체가 햇살을 받고 있
는 모습 좀 보세요."

나는 집이 아주 훌륭하다는 데 동의했다. 그의 두 눈이 아치
형 문 하나, 네모난 탑 하나를 샅샅이 훑어보았다.

"그래요, 저 집 살 돈을 버는 데 꼬박 삼 년이 걸렸어요."

"재산을 상속받으신 걸로 알고 있었는데요."

"그랬지요, 형씨."

그가 자동적으로 대답했다.

"하지만 대공황 때 거의 다 잃어버렸어요. 전쟁의 공황 말입
니다."

그는 자기가 지금 무슨 말을 하는지 모르고 있는 것 같았다.

자신이 잘못 대답했다는 사실을 깨달은 것은 잠시 후였다. 그는 좀 더 주의 깊은 눈초리로 나를 쳐다보았다.

"아, 여러 가지 일을 했지요. 약국 사업, 석유 사업도 하고요. 하지만 다 그만두었지요. 그날 밤 제가 제안한 것에 대해 생각해 보셨습니까?"

내가 미처 대답하기 전에 데이지가 집에서 나왔다. 그녀의 드레스에 두 줄로 나란히 달려 있는 놋쇠 단추가 햇빛에 반짝거렸다. 그녀가 손으로 가리키며 외쳤다.

"저 어마어마하게 큰 저택이 댁인가요?"

"마음에 드세요?"

"네, 마음에 들어요. 하지만 어떻게 저기서 혼자 사시는지 모르겠군요."

"저 집은 밤낮없이 재미있는 사람들로 북적거린답니다."

해변을 따라 지름길로 가는 대신 우리는 도로 쪽으로 내려가 커다란 뒷문을 통해 들어갔다. 데이지는 무엇에 홀린 듯 중얼거리며 하늘을 배경으로 솟아 있는 봉건 시대풍 저택의 실루엣에 찬사를 보내는가 하면, 노란 수선화의 진한 향기와 산사나무와 자두나무 꽃의 가벼운 향기와 오랑캐꽃의 옅은 향기 가득한 정원에 감탄하기도 했다. 우리는 위층으로 올라가서 장밋빛과 보랏빛 비단으로 감싸인, 새로 가져다 놓은 꽃들로 생기가 도는 고풍스러운 침실, 의상실과 당구장, 움푹 파인 욕조가 있는 욕실들을 지나갔다. 개츠비의 방은 침실과 욕실, 그리고 애덤식 서재로 이루어져 있었다.

그는 데이지한테서 한 번도 눈을 떼지 않았는데, 그녀의 반응에 따라 자기 집의 모든 것을 재평가하는 것 같았다. 놀랍게도 그녀가 눈앞에 나타난 이상 더는 의미가 없어진 것처럼 이따금 그는 자신의 소유물들을 멍한 시선으로 둘러보았다. 한번은 계단에서 굴러 떨어질 뻔하기도 했다. 그의 침실은 화장대 위에 놓인 순금 화장 도구만 제외한다면 가장 소박한 방이었다. 데이지가 즐거운 얼굴로 브러시를 집어 머리를 빗어 내리자 개츠비는 의자에 앉아서는 눈을 가린 채 웃기 시작했다.

"정말 웃긴 일이지요, 형씨."

그가 유쾌하게 말했다. 그는 분명히 두 가지 상태를 지나 세 번째 단계로 접어들고 있었다. 처음에는 당황했다가, 그다음엔 어쩔 줄 모르고 기뻐하는 단계를 지나, 지금은 그녀가 자기 앞에 있다는 사실에 놀라고 있었다. 그는 너무 오랫동안 그것만을 꿈꾸어 왔던, 말하자면 상상하기 어려울 정도로 긴장하며 기다려 왔던 것이다. 이제 그 반작용으로 지나치게 조였던 태엽이 풀리고 있었다.

집 안을 구경한 뒤 우리는 저택의 대지와 수영장, 그리고 수

상 비행기와 한여름의 꽃들을 둘러볼 생각이었다. 그러나 다시 비가 내리기 시작하자 우리는 나란히 서서 파도치는 바다를 바라보았다.

"안개가 끼지 않았으면 만 건너에 있는 당신 집이 보였을 겁니다. 그곳의 부두 끝에는 항상 초록빛 불이 켜져 있더군요."

데이지는 느닷없이 개츠비에게 팔짱을 끼었지만, 그는 자기가 방금 한 말에 정신이 팔려 있는 것 같았다. 아마 그 불빛이 지니고 있던 엄청난 의미가 이제 영원히 사라졌다는 생각이 불현듯 떠올랐는지도 모른다. 그를 데이지와 갈라놓았던 머나먼 거리와 비교해 보면 그 불빛은 그녀와 아주 가까이, 거의 손으로 만질 수 있을 정도로 가까이 있는 것 같았다. 하지만 이제는 부두에 켜져 있는 초록 불빛에 지나지 않았다. 책상 위쪽 벽에 걸려 있는 요트복을 입은 노인의 사진이 내 시선을 끌었다.

"저 사람은 누굽니까?"

"그 사람이요? 댄 코디 씨예요."

언젠가 들어 본 적이 있는 이름 같았다.

"지금은 세상을 떠났습니다. 몇 해 전만 해도 제 가장 친한 친구였지요."

커다란 책상 위에는 요트복을 입은 개츠비의 조그마한 사진도 있었다. 개츠비는 도전적으로 머리를 뒤로 젖히고 있었는데,

열여덟 살 때쯤 찍은 사진 같았다. 데이지가 소리쳤다.

"멋진데요! 이 퐁파두르 스타일 말이에요! 이런 머리를 했다고 말한 적 없잖아요. 요트 애기도 하지 않았고요."

"여길 좀 봐요."

개츠비가 급히 말했다.

"여기에 스크랩해 둔 신문 기사가 많아요. 모두 당신에 관한 것들이지요."

그들은 나란히 서서 그것을 살펴보았다. 내가 루비를 보여 달라고 하려는 순간 전화벨이 울렸고, 개츠비가 수화기를 집어 들었다.

"네, 글쎄요. 지금은 곤란해요. 지금은 얘기하기 곤란하다니까요, 형씨. '작은' 도시라고 말했어요. 작은 도시가 어디인지는 그가 알고 있을 거요. 글쎄, 디트로이트가 작은 도시라고 생각하는 사람은 우리한테 쓸모가 없소."

그는 전화를 끊었다.

"어서 빨리 와 보세요!"

데이지가 창가에서 소리쳤다. 여전히 비가 내리고 있었지만 어둠은 서쪽으로 갈라졌고, 바다 위로는 거품 같은 구름이 핑크빛과 금빛 파도처럼 퍼져 있었다.

"저것 좀 보세요."

그녀는 이렇게 속삭이고 나서 조금 있다가 다시 말을 이었다.

"저 핑크빛 구름 하나를 가져다가 그 위에 당신을 태우고 이리저리 밀어 주고 싶어요."

나는 그만 가려고 했지만 그들이 보내 주지 않았다. 아마 내가 옆에 있어야 단둘이 있다는 느낌이 더욱 만족스러워지는 모양이었다.

"이렇게 하지요. 클립스프링어에게 피아노를 쳐 달라고 합시다."

개츠비는 방을 나가더니 잠시 뒤 어리둥절해 하는 청년을 데리고 들어왔다. 성긴 금발에 조개껍데기 테 안경을 쓴 그는 조금 피곤해 보였다. 청년은 목 부분이 트인 단정한 운동 셔츠와 흐릿한 빛깔의 면바지를 차려입고 스니커즈를 신고 있었다.

"우리가 운동하시는 걸 방해한 건 아닌지 모르겠네요."

데이지가 겸손하게 물었다. 그러자 클립스프링어가 당황하여 큰 소리로 말했다.

"자고 있었는걸요. 그러니까, 잠을 자고 있었어요. 그러다가 일어나서……."

"클립스프링어는 피아노를 칠 줄 압니다."

개츠비가 청년의 말을 자르며 말했다.

"그렇지, 유윙?"

“잘 치지 못해요. 아니, 못 쳐요. 피아노를 친다고 할 수 없지요. 연습을 전혀 하지 않아서.”

“자, 1층으로 내려갑시다.”

개츠비가 그의 말을 가로챘다. 그는 스위치를 올렸다. 집 전체에 불이 들어오면서 어두컴컴한 창들이 사라졌다. 음악실에 들어서자 개츠비는 피아노 옆에 하나밖에 없는 램프를 켰다. 클립스프링어는 ‘사랑의 보금자리’를 치고 난 뒤 의자에 앉은 채 몸을 돌려 유감스럽다는 표정으로 어두컴컴한 곳에 앉아 있는 개츠비를 찾았다.

“보시다시피 연습을 전혀 안 했어요. 못 친다고 말씀드렸지요. 연습을 통 안 해서…….”

“어서 쳐 봐요!”

개츠비는 명령하듯 말했다.

　아침에도 저녁에도 우리는 즐겁지 않은가…….

밖에는 바람이 세차게 불고 있었고, 해협을 따라 희미한 천둥소리가 들렸다. 웨스트에그는 이제 환하게 불을 밝히고 있었다. 인간의 내면에 깊은 변화가 일어나는 시간으로, 공기 중으로 흥분이 퍼져 나가고 있었다.

한 가지는 분명하지, 다른 일은 잘 몰라
부자는 더 부자가 되고
가난한 사람에게 생기는 건 아이들뿐
그러는 동안, 그러는 사이에…….

작별 인사를 하러 개츠비에게 갔을 때 그는 다시 당혹스러운 표정을 짓고 있었다. 지금 누리고 있는 행복이 얼마만한 가치가 있는 것인지 어렴풋이 의심하는 듯한 표정이었다. 오 년에 가까운 세월! 심지어 그날 오후에도 데이지가 그의 꿈에 미치지 못한 순간이 있었을지 모른다. 그녀의 잘못이라기보다는 그가 품어 온 환상 때문에 말이다.

그는 지금 분위기에 조금 적응한 모습이었다. 그는 그녀의 손을 꽉 잡고 있었고, 그녀가 낮은 목소리로 귀에다 뭐라고 속삭이자 감정이 솟구치는 듯 그녀 쪽으로 몸을 돌렸다. 그들은 내 존재를 까맣게 잊고 있었지만 데이지가 나를 올려다보고 손을 내밀었다. 개츠비는 이제 완전히 모르는 사람 같았다.

나는 다시 한 번 그들을 바라보았고, 그들은 강렬한 기운에 사로잡힌 모습으로 아득한 듯 나를 돌아다보았다. 나는 그들을 남겨 둔 채 방을 나와 빗속으로 걸어 들어갔다.

제 6 장

이 무렵 어느 날 아침, 뉴욕에서 온 야심만만한 젊은 기자 하나가 개츠비 저택의 문 앞까지 찾아와 개츠비에게 뭔가 할 말이 없느냐고 물었다.

"뭐에 대해 말하라는 겁니까?"

개츠비가 정중하게 물었다.

"글쎄요, 밝히고 싶은 말이라면 뭐든지요."

오 분 동안 혼란스러운 대화가 오고간 뒤에야, 이 기자가 밝히고 싶지 않거나 아니면 잘 알지 못하는 문제와 관련하여 사무실에서 개츠비의 이름을 들었다는 사실이 밝혀졌다. 쉬는 날임에도 불구하고 진상을 '밝히려고' 가상하게도 자진하여 이렇게

서둘러 찾아온 것이었다.

마구잡이 사격이나 다름없는 행동이었지만 그 기자의 본능은 적중했다. 개츠비에게 환대를 받은 사람 수백 명이 그의 과거에 대해 권위자가 되어 악명 높은 소문을 퍼뜨렸고, 그 소문은 여름 내내 부풀려지다 마침내 뉴스가 되기 직전이었던 것이다. 도대체 왜 이런 소문을 듣고 노스다코타 주의 제임스 개츠가 만족해 했는지는 설명하기 쉽지 않다.

제임스 개츠. 바로 이것이 그의 진짜 이름, 아니면 적어도 법률상 그의 이름이었다. 그는 열일곱 살 때, 진정으로 인생이 시작되던 그 순간에 이름을 고쳤다. 그것은 그가 댄 코디의 요트가 슈피리어 호수에서 가장 위험한 곳에 닻을 내리는 것을 본 순간의 일이었다. 그날 오후 호숫가를 따라 빈둥거리던 사람은 제임스 개츠였다. 하지만 노 젓는 배를 빌려 투올로미 호로 다가가, 코디에게 반 시간 뒤면 바람이 불어 배가 박살 날 것이라고 일러 준 사람은 이미 제이 개츠비였던 것이다. 어쩌면 그는 이미 오래전부터 그 이름을 준비해 두고 있었는지도 모른다. 그의 부모는 무능하고 별 볼일 없는 농사꾼이었다. 그의 상상력으로는 결코 그들을 부모로 받아들일 수가 없었다. 사실인즉, 롱아일랜드 웨스트에그의 제이 개츠비는 스스로 만들어 낸 이상적인 모습에서 솟아 나온 것이다. 그는 열일곱 살의 청년이 그릴 법한 제이 개츠비라는 인물을 만들어 낸 다음 그 모습에 끝까지 충실했던 것이다.

그는 일 년이 넘도록 슈피리어 남쪽 호숫가에서 조개를 캐거나 연어를 잡는 등 숙식이 해결될 만한 일을 하면서 겨우겨우 살아가고 있었다. 그 생활을 반복하면서 몸은 자연스럽게 그을고 단단해져 갔다. 그는 일찌감치 여자에 눈을 떴는데, 성격을 버려 놓는다는 이유로 여자들을 경멸하게 되었다. 그러나 마음속에는 언제나 폭풍우처럼 거친 갈등이 일었다. 잠을 잘 때면 너무나 기괴하고 환상적인 생각이 머릿속에서 떠나지를 않았다. 매일 밤 그는 졸음이 밀려와 생생한 장면을 망각으로 감쌀 때까지 새로운 환상을 계속 늘려 나갔다.

앞으로 다가올 영광을 본능적으로 감지한 그는 몇 달 앞서 남부 미네소타 주에 있는 루터교 재단의 세인트 올라프 대학에 입학했다. 그러나 학교가 너무 무심한 것에 실망하고 학비를 조달하느라 시작한 수위 일마저 경멸스러워지자, 이 주일 만에 학교를 박차고 나왔다. 그리고 나서 슈피리어 호수로 다시 돌아왔고, 댄 코디의 요트가 호숫가 낮은 곳에 닻을 내린 바로 그날 뭔가 할 일을 찾고 있었다.

네바다 주의 은광과 유콘 강, 그리고 1875년 이후 모든 광산 광풍이 만들어 낸 인물이라고 할 만한 코디는 그때 나이 쉰 살이었다. 자신을 엄청난 백만장자로 만든 몬태나 주의 동광 사업을 이끌면서 그는 육체는 강건했지만 정신은 점점 나약해졌다. 수많은 여자가 그에게서 돈을 긁어내려고 갖은 수작을 부렸다. 여기자 엘라 케이가 마치 맹트농 부인마냥 약점을 잡아 그를 요트에 태워 바다로 보낸 것과 관련된 그다지 유쾌하지 않은 사건은 1902년의 이류 언론계에서는 잘 알려진 일이었다. 지난 오 년 동안 그는 기후가 좋은 해안을 따라 여행을 하던 중 마침 리틀 걸즈 만에서 제임스 개츠의 운명으로서 그 모습을 드러낸 것이었다.

젊은 개츠에게 그 요트는 이 세상의 모든 아름다움과 매력을 상징했다. 그는 아마도 코디에게 미소를 지었을 것이다. 어쩌면 자기가 미소를 지으면 사람들이 자기를 좋아한다는 것을 알아차렸는지도 모른다. 어쨌든 코디는 그에게 질문을 던졌고, 그가 행동이 민첩하고 유별나게 야심만만한 청년이라는 사실을 알아냈다. 며칠 뒤 코디는 그를 덜루스에 데리고 갔다. 그리고 투올로미 호가 서인도 제도와 바르바리 해안을 향해 떠날 때 개츠비도 함께 떠났다.

코디와 함께 있는 동안 그는 집사가 되기도 하고, 항해사나 조타수기 되기도 하고, 비서가 되기도 했으며, 심지어는 수위 노릇을 하기도 했다. 댄 코디는 술에 취하면 자신이 어떤 황당

한 일을 벌일지 잘 알고 있었고, 개츠비를 통해 그런 우발적인 사태에 대처했다. 두 사람의 관계가 이렇게 오 년간 계속되는 동안 요트는 미 대륙을 세 번이나 횡단했다. 만약 어느 날 밤 엘라 케이가 보스턴에서 요트에 타지 않고, 그로부터 일주일 뒤 댄 코디가 불미스럽게 죽지 않았다면 그 여행은 영원히 계속되었을 것이다.

반백의 머리카락에 강직하면서 표정이 없는 불그스레한 얼굴을 한 그 사진이 개츠비의 침실에 걸려 있던 것을 본 기억이 난다. 개츠비가 술을 마시지 않는 것도 코디에게서 받은 영향 때문이었다. 파티가 벌어지는 동안 때로 여자들이 그의 머리카락에 샴페인을 부은 적은 있었다. 하지만 그는 입에 술을 대지 않았다.

개츠비는 코디에게 2만 5천 달러를 물려받았지만 그 돈을 받지 못했다. 그는 자신에게 불리하게 적용된 상황을 결코 이해할 수 없었고, 결국 수백만 달러의 돈은 엘라 케이의 손에 고스란히 넘어가고 말았다. 그에게 남은 것이라고는 유별나리만큼 적절히 교육받은 것뿐이었다. 제이 개츠비라는 인물의 모호한 윤곽이 한 인간의 실체로 채워졌다.

그는 이 모든 이야기를 훨씬 뒤에 들려주었지만 지금 내가 이야기를 적고 있는 것은 눈곱만치도 사실이 아닌, 그의 선조를 둘러싼 터무니없는 소문을 불식시키기 위해서이다. 더구나 이 이야기를 들려준 것은 그의 말을 믿어야 할지 말아야 할지 혼란에 빠져 있을 때였다.

지난 몇 주 동안 나는 그를 만난 적이 없었다. 조던과 쏘다니거나 나이 많은 그녀 숙모의 기분을 맞추느라고 거의 뉴욕에서 지내고 있었다. 하지만 마침내 어느 일요일 오후, 나는 그의 집에 건너갔다. 그런데 채 이 분도 되지 않아 누군가가 술을 마시자고 톰 뷰캐넌을 그 집에 데리고 왔다. 그들 셋은 말을 타고 왔다. 톰과 슬로언이라는 남자, 그리고 전에도 찾아온 적이 있는 갈색 승마복을 입은 예쁜 여자였다.

"만나 뵙게 돼서 반갑습니다."

현관에 서서 개츠비가 말했다. 마치 그들이 관심을 보이기나 하는 것처럼 말이다!

"자, 앉으시지요. 궐련이나 시가를 피우시겠습니까?"

그는 종을 울리며 방 안을 재빨리 돌아다녔다.

"마실 술은 곧 준비하도록 하지요."

그는 톰이 그 자리에 있다는 사실에 크게 동요했다. 그들이 술을 마시려고 찾아온 것임을 막연하게 깨달으면서도 뭔가 대접하기 진까지는 계속 불안한 듯했다.

"승마는 즐거우셨나요?"

“이 근처는 승마하기에 길이 참 좋아요.”

개츠비는 거부할 수 없는 충동에 초면으로 소개받은 톰에게 고개를 돌렸다.

“뷰캐넌 씨, 전에 어디선가 뵌 적이 있는 것 같습니다.”

“아, 그렇지요.”

언제 만났는지 기억하지 못하는 것이 분명했지만 톰은 퉁명스러우면서도 정중하게 대답했다.

“그랬지요. 기억이 납니다.”

“이 주일쯤 전이었어요.”

“맞아요. 여기 있는 닉과 함께 계셨지요.”

“아내 되시는 분을 알고 있습니다.”

개츠비가 거의 공격적으로 말을 이어 나갔다.

“그래요?”

톰이 나에게 고개를 돌렸다.

“닉, 자넨 이 근처에 살고 있나?”

“바로 옆집에 산다네.”

“그래?”

슬로언은 대화에 끼지 않았지만 거만하게 몸을 뒤로 젖히고 의자에 기대 앉아 있었다. 여자도 아무 말 하지 않고 있었는데, 하이볼을 두 잔 마시고 나더니 느닷없이 나긋나긋해졌다.

"개츠비 씨, 우리 모두 다음에 열리는 파티에 참석할게요. 괜찮지요?"

"여부가 있겠습니까. 영광이지요."

"고맙군요."

슬로언은 별로 고마움을 느끼지 않는 말투로 그렇게 말했다.

"그럼 자, 이제 집으로 출발할 때가 됐어요."

"괜찮다면 저녁이라도 드시고 가시지요."

개츠비가 간곡히 말했다. 이제 자신감이 생기기 시작한 그는 톰에 대해 더 알고 싶어 했다.

"그럼 저희 쪽으로 오셔서 저녁 식사를 하는 건 어때요?"

여자가 열성적으로 말했다.

"진심이에요. 두 분을 모시고 싶어요. 두 분을 모시고도 자리가 남아요."

그 여자가 고집했다. 개츠비는 의향을 묻는 듯이 나를 쳐다보았다. 그는 가고 싶어 했지만, 슬로언이 그러기를 원치 않는다는 사실을 모르고 있었다.

"저는 갈 수 없습니다."

내가 말했다.

"그럼 당신이라도 오세요."

그녀는 개츠비에게 관심을 쏟으며 재촉했다. 슬로언은 그녀의 귀에 대고 뭐라고 속삭였다.

"지금 출발한다면 늦지 않을 거예요."

그녀가 큰 소리로 다시 재촉했다.

"전 말이 없습니다. 자동차를 타고 따라가야겠군요. 그럼 잠깐만 실례합니다."

나머지 사람들은 현관으로 걸어 나갔고, 슬로언과 그 여자는 거기서 격렬하게 말다툼을 하기 시작했다.

"맙소사, 그자가 정말로 따라오려는 모양이오."

"그녀가 원하지 않는다는 걸 모르나 보지?"

"여자가 계속 오라고 말했잖나."

"큰 파티가 열릴 텐데, 그자는 파티에 오는 사람 중에 아는 사람이 하나도 없을 거야."

그가 눈살을 찌푸렸다.

"도대체 어디서 데이지를 만난 걸까? 맙소사! 내 생각이 구닥다리인지는 모르겠지만 요즈음 여자들이 너무 쏘다니는 게 마음에 들지 않아. 별 괴상한 녀석들을 다 만나거든."

갑자기 슬로언과 그 여자가 계단을 걸어 내려가더니 말을 탔다.

"자, 어서 가자고. 이러다 늦겠어. 빨리 가야 한다고."

슬로언이 톰에게 말했다. 그러고는 나를 향해 이렇게 말했다.

"그 사람에게 기다릴 수 없다고 전해 주시지 않겠소?"

그들은 재빨리 말을 몰아 차도를 따라 내려갔기 때문에, 개츠비가 모자와 얇은 외투를 손에 들고 막 현관에 나왔을 때는 이미 사라진 뒤였다. 톰은 데이지가 혼자서 돌아다니는 것에 당황한 게 틀림없었다. 왜냐하면 그다음 토요일 밤에 그녀를 데리고 개츠비의 파티에 참석했기 때문이다. 그날 저녁은 그해 여름 개츠비가 열었던 어느 파티보다도 뚜렷이 기억에 남아 있다. 똑같은 사람들, 적어도 똑같은 종류의 사람들이 참석하고 똑같은 샴페인이 흘러넘치고 다양하고도 색다른 소동이 벌어졌지만, 전에는 느껴 보지 못한 불편함 같은 기운이 감돌고 있었다. 어쩌면 내가 그 세계에 익숙해진 탓일 수도 있었다.

그들은 황혼이 깃들 무렵에 도착했다. 우리가 그야말로 빛을 발하는 수많은 사람 사이를 어슬렁거리고 있을 때, 기교를 부리듯 목구멍에서 웅얼거리는 데이지의 목소리가 들려왔다.

"이런 광경을 보면 전 너무 흥분돼요."

데이지가 속삭였다.

"오빠, 오늘 밤 언제라도 저하고 키스하고 싶으면 말씀만 하세요. 기꺼이 키스해 드릴게요. 제 이름만 대라고요. 아니면 녹색 카드를 내보이거나요. 지금 드릴게요. 녹색……."

"뒤를 좀 돌아봐요."

개츠비가 제안했다.

"지금 돌아보고 있는데요. 전 지금 신나게……."

"지금까지 이름만 듣던 사람들의 얼굴을 직접 보실 수 있을 겁니다."

톰은 거만하게 손님들을 훑어봤다.

"우리는 별로 여기저기 돌아다니지 않소. 사실, 난 여기 있는 사람들 중에 아는 사람이 없는 것 같소."

"아마 저기 저 부인은 아실 텐데요."

개츠비가 하얀 자두나무 밑에 앉아 있는, 거의 인간이라고 하기 어려울 정도로 아름다운 여자를 가리켰다. 지금까지 실체감 없던 은막의 유명 인사를 알아봤을 때, 톰과 데이지는 마치 현실이 아닌 것 같은 독특한 느낌을 받으며 그녀를 바라보았다.

"아름답군요."

데이지가 말했다.

"그녀를 향해 허리를 굽히고 있는 사람은 그녀가 출연했던 영화의 감독이지요."

개츠비는 격식을 차려 그들을 이 무리 저 무리로 안내해 주었다.

"이쪽은 뷰캐넌 부인이고, 이쪽은 뷰캐넌 씨입니다."

한순간 머뭇거리다가 그가 덧붙였다.

"폴로 선수시지요."

"아, 아닙니다. 전 아니에요."

톰이 재빨리 부정했다. 그러나 그 말이 개츠비를 즐겁게 했음은 분명했다. 왜냐하면 톰은 그날 저녁 내내 '폴로 선수'로 통했기 때문이다.

"이렇게 유명 인사를 많이 만나 보기는 처음이에요. 난 저 사람이 좋아요. 이름이 뭔가요? 푸른 코를 한 저 신사 말이에요."

데이지가 감탄해서 말했다. 개츠비는 그가 평범한 연출가라고 일러 주었다.

"글쎄, 어쨌든 그 사람이 좋아요."

데이지와 개츠비는 춤을 추었다. 그의 우아하고 절제된 폭스트롯 춤을 보고 놀랐던 기억이 난다. 나는 그가 춤을 추는 모습을 한 번도 본 적이 없었다. 그리고 그들이 우리 집으로 걸어가 반 시간쯤 계단 위에 앉아 있는 동안 나는 그녀의 부탁으로 정원에서 망을 보았다.

"불이 나거나 홍수가 날지도 모르잖아요. 아니면 신의 징벌에 대비해야 할지도 모르죠."

우리가 저녁을 먹으려고 함께 앉아 있을 때 존재조차 잊고 있었던 톰이 모습을 드러냈다.

"이 사람들과 함께 식사를 해도 괜찮지? 한 친구가 재미있는 이야기를 늘어놓고 있거든."

“그렇게 해요.”

데이지가 상냥하게 말했다. 그녀는 잠시 주위를 둘러보더니, 나에게 그 아가씨가 ‘품위는 없지만 얼굴은 예쁘다’고 말했다. 나는 이 말을 듣고, 그녀가 개츠비와 단둘이 있었던 삼십 분을 빼면 별로 즐거운 시간을 보내지 못했다는 것을 알 수 있었다. 우리가 앉은 테이블에는 유달리 술에 취한 사람이 많았다. 개츠비는 전화를 받으러 갔고, 나는 두 주일 전에 만났던 사람들과 같은 자리에 있었다. 그때는 즐거운 분위기였지만 지금은 불쾌할 지경이었다.

데이지와 함께 서서 영화감독과 그의 스타를 지켜보던 것이 거의 마지막으로 기억나는 일이다. 그들은 아직도 자두나무 아래에 있었는데, 창백하고 가느다란 달빛 한 줄기가 그 사이에 있을 뿐 그들은 거의 얼굴을 맞대고 있는 것이나 다름없었다. 저녁 내내 그는 아주 조금씩 그녀를 향해 얼굴을 숙여 지금 정도의 거리에 이르렀을 거라는 생각이 문득 들었다. 심지어 내가 지켜보는 동안에도 그는 아주 살짝 얼굴을 숙여 그녀의 뺨에 입을 맞추고 있었던 것이다.

“난 저 여자가 좋아요. 사랑스러워 보여요.”

데이지가 말했다. 그러나 나머지 사람들은 데이지의 기분을 거슬리게 했다.

나는 그들이 자동차를 기다리는 동안 계단에 앉아 있었다. 우리가 있는 앞쪽은 어두웠다. 가끔씩 그림자 하나가 위쪽 의상실을 배경으로 움직이다가 다른 그림자에게, 보이지 않는 거울을 보며 립스틱을 바르고 분을 두드리는 불분명한 그림자의 행렬에게 자리를 내주었다.

"도대체 개츠비란 자는 누구지? 밀주업자라도 되는 건가?"

톰이 갑자기 물었다.

"자네, 그런 소린 어디서 들었나?"

"들은 것이 아니라 생각해 낸 걸세. 자네도 알다시피 갑자기 떼돈을 번 작자들 중에 거물 밀주업자가 많지 않나."

"하지만 개츠비는 아니야."

내가 짧게 말했다. 그는 잠시 침묵을 지켰다. 차도의 자갈이 그의 발밑에서 바스락거렸다.

"어쨌거나 그자는 이 별난 사람들을 모아 놓느라 틀림없이 힘깨나 들였겠군."

미풍이 회색 안개 같은 데이지의 털 옷깃을 가볍게 나부끼게 했다.

"적어도 그들은 우리가 알고 있는 사람들보다는 재미있네요."

데이지가 애써 말했다.

"당신은 별로 재미있어 보이지 않던데."

"재미있었어요."

톰은 웃더니 내 쪽을 향했다.

"그 아가씨가 찬물에 샤워하게 해 달라고 부탁할 때 데이지 얼굴 봤나?"

데이지가 율동적이고 허스키한 목소리로 속삭이듯 리듬을 타며 음악에 맞춰 노래를 부르기 시작했다. 낱말의 의미를 하나 하나 음미하며 노래 부르는 일은 전에도 없었고 앞으로도 없을 일이었다. 멜로디가 높아지면 콘트랄토(여성의 가장 낮은 음역) 가수처럼 살짝 멈추었다가 다시 부르곤 했다.

"초대받지 않은 사람도 많이 왔어요. 그 아가씨도 초대받지 않았지요. 사람들이 그냥 밀고 들어오는데도 그 사람은 너무 예의가 바르기 때문에 거절하지 못하는 거예요."

"난 그자가 누군지, 무슨 일을 하는지 알고 싶단 말이야."

톰이 끈질기게 말했다.

"지금 당장이라도 말해 줄 수 있어요. 약국을 경영하고 있어요. 그것도 아주 많이요. 자기 힘으로 일으켜 세운 사업이에요."

데이지가 대답했다. 그때 리무진이 서서히 차도 위로 굴러 들어왔다.

"오빠, 잘 자요."

데이지가 말했다. 그녀의 시선은 나를 떠나 불이 켜진 계단 꼭대기에 머물렀다. 그곳에서는 그해 유행했던 산뜻하고도 슬픈 왈츠 '새벽 3시'가 밖으로 흘러나오고 있었다. 결국 산만하기 그지없는 개츠비의 파티에는 그녀의 세계에서는 전혀 찾아볼 수 없는 낭만적인 가능성이 있었던 것이다. 나는 그날 밤 늦게까지 남아 있었다. 개츠비가 계단을 내려왔을 때, 얼굴은 전에 없이 거무스레하게 바짝 타 있었고 두 눈은 반짝이면서도 피로해 보였다.

"그녀는 좋아하지 않더군요."

그가 즉시 말했다.

"물론 좋아했어요."

"아닙니다. 좋아하지 않았어요. 그녀는 즐거운 시간을 보내지 못했다고요."

그는 침묵을 지켰고, 나는 그가 말할 수 없이 의기소침해 있다는 것을 느낄 수 있었다.

"그녀가 멀게만 느껴졌어요. 이해시키기가 무척 어렵군요."

"그 춤 말입니까?"

그는 손가락을 한 번 튕기는 것으로 자신이 추었던 춤을 일소에 부쳤다.

"형씨, 춤은 중요한 게 아니지요."

　그가 원하는 것은 데이지가 톰에게 가서 "난 결코 당신을 사랑한 적이 없어요." 하고 말하는 것뿐이었다. 그 말로 지난 삼 년의 세월을 지워 버리고 나면 그들은 좀 더 현실적인 방법을 강구할 수 있었다. 그 가운데 하나는, 그녀가 자유로운 몸이 되면 함께 루이빌로 돌아가 그녀의 집에서 결혼식을 올리는 것이다. 마치 오 년 전처럼 말이다.

　"그녀는 이해하지 못해요."

　절망적으로 그가 말했다.

　"전에는 이해했거든요. 우린 몇 시간씩이나 앉아서……."

　그는 갑자기 말을 끊더니 과일 껍질이며 버린 선물과 짓이겨진 꽃들이 어지럽게 널려 있는 길을 왔다 갔다 하기 시작했다.

　"나 같으면 그녀에게 너무 많은 것을 요구하지는 않을 겁니다."

　내가 불쑥 말했다.

　"과거를 되풀이할 수는 없지 않습니까."

　그는 믿어지지 않는다는 듯이 큰 소리로 말했다.

　"아뇨, 그럴 수 있고말고요!"

　그는 마치 과거가 그의 손이 닿지 않는 곳에, 집 앞 그늘진 구석에 숨어 있기라도 하듯 주위를 두리번거렸다. 그가 단호하게 고개를 끄덕이며 말했다.

"전 모든 것을 옛날과 똑같이 돌려놓을 생각입니다. 그녀도 알게 될 겁니다."

그는 과거에 대해 많은 이야기를 했고, 나는 그가 되돌리고 싶은 것이 데이지를 사랑하는 데 들어간, 그 자신에 대한 어떤 관념이 아닐까 하고 추측했다.

오 년 전 어느 가을날 밤, 그들은 나뭇잎이 떨어지는 거리를 함께 걷다가 나무가 한 그루도 없고 인도가 달빛으로 하얗게 물든 곳에 이르렀다. 그들은 그곳에 멈춰 서서 서로에게 몸을 기울였다. 일 년 중 두 계절이 변화할 때 오는, 신비스러운 흥분을 간직하고 있는 서늘한 밤이었다. 개츠비는 곁눈질로 보도블록이 실제로 사다리가 되어 나무 위 비밀 장소로 올라가는 것을 보았다. 그는 혼자 오른다면 비밀 장소까지 올라갈 수 있을지도 모른다. 일단 그곳에 다다르면 삶의 미음을 빨아 먹기도 하고 그 무엇에도 견줄 수 없는 경이감의 우유를 들이켤 수도 있었을 것이다.

데이지의 하얀 얼굴이 자신의 얼굴에 닿는 순간, 그의 가슴은 점점 더 빨리 뛰었다. 이 아가씨와 입을 맞추고 말로 표현할 수 없는 자신의 꿈을 그녀의 불멸의 숨결과 영원히 결합시키면, 하느님처럼 다시는 마음이 뛰지 않으리라는 것을 잘 알고 있었다. 그래서 그는 별에 부딪힌 소리굽쇠가 내는 아름다운 소리에 귀를 기울이며 잠시 기다리고 있었다. 그러고 나서 그는 그녀에게 키스를 했다. 그의 입술이 닿자 그녀는 그를 위해 한 송이 꽃처럼 피어났고, 꿈은 실현되었다.

그가 들려준 이야기, 심지어는 그의 놀라운 감상을 들으면서 나는 떠오르는 것이 있었다. 오래전에 어디서 들은 적이 있는 잃어버린 말의 파편이랄까. 한순간 어떤 구절이 입가에 막 떠오르려고 하더니 벙어리처럼 입술이 벌어졌다. 마치 놀란 숨을 내뱉을 때보다 더 안간힘을 쓰는 것처럼 말이다. 그러나 그 말들은 아무 소리도 내지 못했고, 내가 간신히 떠올렸던 구절도 영원히 전달할 수 없게 되었다.

제 7 장

개츠비에 대한 호기심이 최고조에 달했던 것은 어느 토요일 밤, 그의 집에 불이 켜지지 않으면서부터였다. 핀란드 인 가정부의 말에 따르면, 개츠비는 일주일 전에 하인을 모두 해고하고 대여섯 명의 하인을 새로 고용했는데, 그들은 웨스트에그 마을에 가서 상인들에게 매수당하는 일 없이 전화로 적당히 식품을 주문한다는 것이었다. 식료품 배달 소년은 부엌이 마치 돼지우리 같더라고 전했고, 마을에는 새 고용인들이 도대체 하인 같지 않다는 소문이 돌았다. 다음 날, 개츠비에게서 전화가 걸려 왔다.

"하인을 모두 쫓아냈다고 들었습니다만."

"입이 가볍지 않은 사람들이 필요했어요. 데이지가 꽤 자주 놀러 오거든요, 오후가 되면요."

그러니까 그녀의 불만스러운 눈빛 한 번에 그만 대저택 전체가 카드로 만든 집처럼 폭삭 주저앉아 버리고 말았던 것이다. 그는 데이지의 부탁으로 전화를 걸었다고 했다. 내일 그녀의 집에 점심 식사를 하러 가지 않겠느냐는 것이었다. 베이커 양도 갈 예정이라고 했다. 반 시간쯤 뒤 데이지가 직접 전화를 걸어 왔고, 내가 간다는 것을 알자 안심하는 눈치였다.

다음 날은 날씨가 푹푹 쪘다. 그해 여름이 끝날 무렵, 가장 더운 날이었다.

"부인께서는 살롱에서 기다리고 계십니다!"

차일로 잘 가려진 방은 어두컴컴하고 시원했다. 데이지와 조던이 윙윙대는 선풍기 바람에 날리는 하얀 옷자락을 눌러 가며 긴 의자에 누워 있었다.

"움직이지 못하겠어요."

그들이 한목소리로 말했다.

"우리의 운동선수 톰 뷰캐넌 씨는?"

내가 물었다. 그와 동시에 홀에서 퉁명스럽게 웅얼거리며 통화하고 있는 톰의 쉰 목소리가 들려왔다. 개츠비는 빨간 융단 한가운데 서서 황홀한 시선으로 주위를 살펴보고 있었다. 데이지는 그를 쳐다보며 그 감미롭고도 가슴 설레는 웃음을 지었다.

"톰의 애인한테서 지금 전화가 걸려 왔대요."

조던이 소곤거렸다. 홀에서 들려오는 목소리는 화를 내며 더욱 커졌다. 톰이 문을 활짝 열더니 잠시 육중한 몸으로 문가를 가리고 나서 급히 방으로 들어왔다.

"개츠비 씨로군요!"

그는 혐오감을 썩 잘 감추고 넓적한 손을 내밀었다.

"잘 왔네, 닉."

"찬 음료수 좀 만들어다 줘요."

데이지가 소리쳤다. 톰이 방에서 나가자, 그녀는 일어서서 개츠비 곁으로 가더니 그의 얼굴을 당겨 입에다 키스를 했다.

"내가 당신을 사랑한다는 거 아시죠?"

그녀가 나지막한 목소리로 속삭였다. 그때 보모가 예쁜 옷차림을 한 조그만 계집애를 방으로 데리고 들어왔다. 그녀는 두 팔을 내밀며 다시 나지막하게 소곤댔다.

"너를 사랑하는 엄마에게 오렴."

보모가 놓아주자 아이는 달려가 어머니 옷 속으로 수줍게 파고들었다.

"아유, 엄마가 네 노란 머리카락에 분가루를 묻혔구나. 자, 이제 일어나서 인사해야지."

개츠비와 나는 차례로 몸을 굽혀 소녀가 마지못해 내민 그 작은 손을 잡았다. 개츠비는 놀라운 듯 아이를 지켜보고 있었다. 전에는 이 아이의 존재를 진심으로 믿지 않았던 것 같다.

"점심시간 전인데 옷을 갈아입었어요."

아이는 열심히 데이지에게 몸을 돌리며 말했다.

"엄마가 널 자랑하고 싶었기 때문에 그렇게 한 거란다."

데이지는 아이의 작고 하얀 목주름 속에 얼굴을 파묻었다.

"조던 아줌마도 흰옷을 입었네요."

"엄마 친구들이 마음에 드니? 아저씨들이 멋있지 않아?"

데이지가 아이를 한 바퀴 돌려 세워 개츠비와 마주 보도록 했다.

"이 앤 아빠를 안 닮았어요. 절 닮았지요. 제 머리카락하고 얼굴 모양을 빼닮았어요."

데이지는 다시 긴 의자에 기대앉았다. 보모가 앞으로 한발 나서더니 손을 내밀었다. 엄격한 교육을 받은 그 아이는 내키지 않는 듯 돌아보더니 보모의 손을 잡고 밖으로 나갔고, 바로 그때 톰이 얼음으로 가득 차 찰랑거리는 진 리키 넉 잔을 받쳐 들고 들어왔다.

"정말 시원해 보이는데요."

개츠비는 눈에 띄게 긴장한 표정으로 말했다. 우리는 게걸스 럽게 쭈욱 들이켰다.

"누구 시내 나갈 사람 없어요?"

데이지가 보챘다. 개츠비가 그녀를 보았다. 눈이 마주친 순간, 두 사람은 둘만의 공간에서 서로를 응시했다. 그녀는 힘겹게 시선을 식탁 아래로 돌렸다.

"당신은 언제나 멋져 보여요."

데이지는 그를 사랑한다고 말한 것이었고, 톰 뷰캐넌은 그것을 알아차렸다. 그는 그야말로 아연실색했다. 그는 개츠비와 자기 아내를 번갈아 쏘아보며 일어섰다.

"좋아, 나도 시내에 가고 싶어졌어. 자, 모두들 시내로 나가자고. 지금 출발하자니까."

그는 화를 억누르느라 떨리는 손으로 마지막 남은 흑맥주 잔을 입술에 갖다 대었다. 우리는 자리에서 일어나 태양이 이글거리는 자갈 차도로 나갔다. 그녀가 이의를 제기했다.

"지금 당장 떠날 거예요? 그냥 이렇게요? 재미있게 놀자고요. 짜증 내기에는 너무 더워요."

톰은 아무 대답도 하지 않았다. 남자 셋이 뜨거운 자갈을 발로 차면서 서 있는 동안 여자들은 외출 준비를 했다.

"뭐 때문에 시내에 나가는 건지 통 모르겠어. 여자들 머리통에 든 생각이란 꼭……."

"뭐 마실 걸 갖고 가야 하지 않을까요?"

위층 창에서 데이지가 물었다.

"위스키를 꺼내 오지."

톰이 대답했다. 그는 안으로 들어갔다. 개츠비가 딱딱하게 굳은 표정으로 나를 돌아보았다.

"이 집에서는 아무 말도 할 수 없어요, 형씨."

"데이지는 목소리에는 조심성이 없어요. 그 애의 목소리에는 뭔가 가득……."

나는 머뭇거렸다.

"그녀의 목소리는 돈으로 가득 찼어요."

갑자기 그가 말했다. 바로 그것이었다. 전에는 미처 깨닫지 못했던 것이었다. 데이지의 목소리는 돈으로 가득 차 있었다. 그 안에서 높아졌다 낮아졌다 하는 그 끝없는 매력, 그 딸랑거리는 소리, 하얀 궁전 저 높은 곳에 임금님의 따님이, 그 황금의 아가씨가…….

톰이 1쿼트짜리 술병을 타월로 싸면서 집에서 나왔고, 그 뒤를 따라 금속 느낌의 천으로 만든 작고 꼭 끼는 모자를 쓰고 팔 위에 얇은 케이프를 걸친 데이지와 조던이 나왔다.

"다 같이 제 차로 가실까요?"

개츠비가 제안했다. 그는 뜨거운 녹색 시트를 만졌다.

"그늘에 세워 둘 걸 그랬군요."

"변속 기어인가요?"

톰이 물었다.

"네, 그렇습니다."

"그럼 댁이 내 쿠페를 모시오. 내가 시내까지 댁의 차를 몰겠소. 데이지, 이리 와."

톰이 개츠비의 자동차 쪽으로 그녀를 밀면서 말했다.

"당신은 닉하고 조던을 데리고 가세요. 우린 쿠페를 타고 뒤따라갈게요."

그녀는 개츠비에게 바짝 다가서서 걸으려고 손으로 그의 외투를 만졌다. 조던과 톰, 그리고 나는 개츠비의 차 앞좌석에 올라탔고, 톰은 익숙지 않은 기어를 조작해 보더니 숨 막힐 듯한 더위 속으로 쏜살같이 차를 몰았다. 뒤에 남겨진 그들의 모습은 더 이상 보이지 않았다.

"봤지?"

톰이 말했다.

"뭘 말인가?"

조던과 내가 줄곧 알고 있었다는 것을 깨닫고 그는 날카롭게 나를 쏘아보았다.

"내가 바보인 줄 아나 보지? 하기야 어쩌면 바보인지도 모르지. 하지만 내게도 때론 어떻게 해야 할지 말해 주는 천리안 같은 게 있단 말씀이야. 믿지 않을는지 모르지만 과학은……."

그는 갑자기 말을 멈췄다.

"저자에 대해 약간 조사를 해 봤지. 더 철저히 알아보는 건데, 이럴 줄 알았더라면."

우리는 흑맥주의 취기에서 깨어나는 중이라 모두 신경이 곤두서 있음을 깨닫고 잠시 말없이 달렸다. 그러다 보니 T. J. 에클버그 의사의 빛바랜 눈이 시야에 들어왔다.

"시내까지는 넉넉히 갈 수 있어."

톰이 말했다.

"그렇지만 바로 저기에 기름 넣는 곳이 있잖아요."

조던이 반대하고 나섰다.

"이 찌는 더위에 기름이 떨어져 길에서 꼼짝 못하는 건 정말 끔찍해요."

톰은 성급하게 양쪽 브레이크를 밟았고, 우리는 윌슨 정비소 간판 밑으로 미끄러져 들어가 갑자기 멈춰 섰다. 잠시 후, 주인이 가게에서 나타나 휑한 눈으로 자동차를 바라보았다.

"기름 좀 넣어 주게!"

톰이 거칠게 소리쳤다.

"우리가 뭣 때문에 차를 멈춘 것 같나, 경치를 감상하려고?"

"몸이 좀 아파요. 온종일 앓고 있었다고요."

"아까 전화 걸 때는 그렇게 기운 없어 보이지 않더니만."

윌슨은 기대섰던 문설주의 그늘에서 간신히 몸을 떼고는 가쁘게 숨을 몰아쉬며 휘발유 탱크 뚜껑을 열었다. 햇빛에서 보니 얼굴색이 푸르죽죽했다.

"점심 식사를 방해할 생각은 없었어요. 돈이 아주 급하거든요. 그리고 당신이 옛날 차를 어떻게 할 건지 궁금했고요."

"이 차는 어떤가? 지난주에 새로 산 건데."

톰이 물었다.

"노란색이 근사하네요."

윌슨이 휘발유 펌프 손잡이에 힘을 주며 대답했다.

"왜 그렇게 갑자기 돈이 필요한 거요?"

"이곳에 너무 오래 살았어요. 이사 가려고요. 마누라와 함께 서부로 가고 싶어요."

"당신 부인이 가고 싶어 한단 말이오?"

톰이 깜짝 놀라 큰 소리로 외쳤다.

"이번엔 원하든 원하지 않든 갈 겁니다. 마누라를 데리고서요. 지난 이틀 동안 제가 몰랐던 사실을 알게 되었거든요. 그래서 이사를 가려는 겁니다. 자동차 때문에 귀찮게 해 드린 것도 그래서였고요."

쿠페가 한바탕 먼지를 일으키며 손을 흔들고 쏜살같이 우리

곁을 지나갔다.

"얼마냐니까?"

"1달러 20센트예요."

나는 그가 아직까지는 톰을 의심하고 있지 않다는 사실을 깨달았다. 그는 머틀이 자기와 다른 세계에서 다른 종류의 삶을 누리고 있다는 사실을 발견한 충격에 병이 나고 만 것이다.

"차를 팔겠소. 내일 오후에 보내 주지."

나는 누군가가 20피트도 떨어지지 않은 곳에서 괴이할 만큼 강렬한 빛을 번득이며 우리를 지켜보고 있다는 것을 깨달았다. 정비소 위층 창문의 커튼이 살짝 젖혀 있었고, 머틀 윌슨이 자동차를 내려다보고 있었다. 질투와 공포로 부릅뜬 그녀의 눈이 톰이 아니라 조던 베이커를 향하고 있었다. 그녀는 조던을 톰의 아내로 착각했던 것이다.

차가 달리는 동안 톰은 몹시 겁에 질려 있었다. 한 시간 전만 해도 온전히 그의 소유였던 아내와 정부가 갑자기 그의 손아귀에서 빠져나가고 있었다. 데이지를 쫓아가기 위해 그는 본능적으로 가속기를 밟았다. 애스토리아를 향해 시속 50마일로 달려 마침내 고가 철도 구름다리 사이에 이르렀을 때, 한가롭게 달리고 있는 푸른색 쿠페가 보였다.

"어디로 갈 거예요?"

데이지가 소리쳤다.

"영화 보는 거 어때요?"

"너무 더워요. 당신들이나 가요. 우리는 차로 돌아다니다가 나중에 합류할게요."

그녀는 조금이나마 재치를 부려 보려고 애를 썼다.

"센트럴 파크 남쪽 플라자 호텔 앞으로 날 따라와."

톰은 몇 번이나 고개를 돌려 차가 따라오고 있는지 확인했고, 그들이 옆길로 새어 자신의 삶에서 영영 도망쳐 버리지나 않을까 걱정하는 듯했다. 우리는 플라자 호텔의 특실용 응접실을 빌린다는 설명하기 어려운 행동을 했다. 방은 컸지만 답답했고, 벌써 4시가 되었는데도 열어 놓은 창문을 통해 공원으로부터 뜨거운 바람만이 불어왔다.

"굉장한 방이군요."

조던이 감탄한 듯 소곤거리자 모두들 껄껄 웃었다.

"다른 창문도 열어."

데이지가 돌아보지도 않고 명령하듯 말했다.

"더위는 그냥 잊어버리면 되는 거야. 덥다고 짜증을 부리면 열 배는 더 덥다고."

톰이 위스키 병을 감싸고 있던 수건을 풀어 탁자 위에 올려놓았다.

"그녀를 그냥 내버려 두시오, 형씨. 시내로 오자고 한 사람은 당신이었잖소."

개츠비가 말했다. 잠깐 동안 침묵이 흘렀다.

"그게 당신이 사용하는 멋진 말씨로군?"

톰이 쏘아붙였다.

"뭐가 말입니까?"

"그 '형씨' 어쩌고 하는 말 말이오. 그 말은 어디서 주워들었소?"

"이봐요, 톰."

데이지가 거울에서 돌아서며 말했다.

"당신이 계속 인신공격이나 하고 있겠다면 난 여기 단 일 분도 더 있지 않겠어요. 전화를 걸어 민트 줄렙에 넣을 얼음이나 주문해요."

"헌데 개츠비 씨, 당신은 옥스퍼드 대학 출신이라면서요?"

"꼭 그렇다고 할 수는 없습니다."

"아니, 맞아요. 옥스퍼드에 계셨던 걸로 알고 있는데요."

"네, 그곳에 있기는 했지요."

잠시 말이 끊겼다.

웨이터가 노크를 하고 잘게 부순 박하와 얼음을 들고 들어왔지만, 그 침묵을 깨뜨리지 못했다. 마침내 어마어마한 그의 과거가 드러나는 순간이었던 것이다.

"거기 있었다고 말했잖습니까."

"나도 들었소. 하지만 그게 언제였는지 알고 싶소."

"1919년이었지요. 난 그곳에 다섯 달밖에 있지 않았어요. 그러니 옥스퍼드 출신이라고 할 수는 없지요."

톰은 우리도 자기처럼 그 말을 믿지 않는 눈치인지 살피려고 주위를 두리번거렸다.

"영국이나 프랑스에 있는 대학교라면 어디든 갈 수 있었어요."

나는 자리에서 일어나 그의 등을 두드려 주고 싶었다. 그에게 품고 있는 완전한 신뢰감이 새삼스럽게 되살아났다. 데이지가 살짝 미소를 띠며 일어서서 탁자 쪽으로 갔다.

"톰, 위스키나 따 줘요. 내가 민트 줄렙 만들어 줄게요. 그걸 마시고 나면 그렇게 바보처럼 보이진 않을 거예요. 어머, 이 민트 좀 봐!"

"계속해 보시지요."

개츠비가 공손하게 말했다.

"당신은 도대체 우리 집에 어떤 분란을 일으킬 셈이요?"

마침내 모든 것을 공개석으로 터놓고 맞서게 되자 개츠비는 오히려 흐뭇해 했다. 데이지가 절망적인 표정으로 두 사람을 번

갈아 쳐다보았다.

"분란을 일으키고 있는 건 저이가 아니라 당신이지요. 조금이라도 자제력을 보이세요."

"자제력이라고! 어디서 왔는지도 모르는 놈이 마누라와 바람을 피우는데 보고만 있을 수는 없지. 요즘 사람들은 가정생활과 가족 제도를 비웃고 있는데, 이러다가는 모든 걸 다 팽개쳐 버리고 백인하고 흑인하고 결혼하려 들 거야."

흥분해서 얼굴이 후끈 달아오른 그는 자신이 한계점에 서 있다는 것을 깨달았다.

"여기 있는 사람은 모두 백인인걸요."

조던이 중얼거렸다. 나는 다른 사람들과 마찬가지로 화가 치밀었지만 톰이 입을 열 때마다 웃고 싶은 충동을 느꼈다. 톰은 이제 난봉꾼에서 완벽한 도덕군자로 바뀌어 있었던 것이다.

"당신에게 말해 둘 게 있어요, 형씨……."

개츠비가 입을 열기 시작했다. 그러나 데이지가 그의 의도를 눈치챘다.

"제발 그만두세요! 우리 다 같이 집으로 돌아가도록 해요. 집에 가는 게 어때요?"

"그거 좋은 생각이군. 자, 톰, 가자고. 아무도 술 마실 생각이 없어."

내가 자리에서 벌떡 일어섰다.

"개츠비 씨가 하고 싶은 말이 뭔지 알고 싶군."

"당신 부인은 당신을 사랑하고 있지 않아요."

개츠비가 말했다.

"당신을 한 번도 사랑한 적이 없다고요, 나를 사랑하고 있을 뿐."

"미쳤군그래!"

톰이 자기도 모르게 버럭 소리를 질렀다. 잔뜩 흥분한 개츠비가 자리에서 벌떡 일어섰다.

"당신을 사랑한 적이 없었단 말입니다. 알아듣겠소? 내가 가난했던 탓에 기다리다 지쳐서 당신과 결혼한 것뿐이오. 아주 큰 실수였지만, 그녀는 마음속으로 나 말고는 어느 누구도 사랑하지 않았던 거요!"

이때 조던과 나는 자리를 뜨려고 했지만, 톰과 개츠비는 서로 경쟁이라도 하듯 그냥 남아 있어 달라고 고집했다.

"이제 오 년이 되어 갑니다. 당신만 몰랐던 거요."

개츠비가 말했다. 갑자기 톰이 데이지를 향해 몸을 돌렸다.

"지난 오 년 동안 이 작자를 만나 왔다는 거야?"

"그런 얘기가 아니오. 우린 서로 만날 수 없었소. 하지만 우린 그동안에도 서로 사랑하고 있었소. 형씨, 당신은 그걸 몰랐던 거요.”

톰은 두툼한 손가락을 마치 목사처럼 토닥거리며 의자 뒤에 기대앉았다.

“미쳤군! 오 년 전 일에 대해선 상관하지 않겠소. 그때 나는 데이지를 몰랐으니까. 그리고 뒷문으로 식료품 배달 따위를 한 게 아니라면 어떻게 이 여자에게 접근할 수 있었는지 알다가도 모를 일이군. 하지만 그 나머지는 모두 빌어먹을 거짓말이오. 데이지는 나와 결혼할 때도 나를 사랑했고, 지금도 나를 사랑하고 있소.”

“그렇지 않소. 그녀는 날 사랑하고 있소. 어쩌다 스스로 무슨 짓을 하는지 모르는 경우가 있어서 탈이지만. 나도 데이지를 사랑하고 있소. 가끔 술잔치를 벌이다 바보짓을 한 적이 있지만 언제나 제자리로 돌아왔어요. 그리고 마음속으로는 항상 그녀를 사랑하고 있소.”

그가 슬기로운 체하며 고개를 끄덕거렸다.

“구역질 나는군요.”

데이지가 말했다. 한 옥타브 낮아진 목소리가 섬뜩한 경멸로 방 안을 가득 채웠다.

“우리가 왜 시카고를 떠났는지 아세요? 그 가끔씩 벌이는 술잔치가 어땠는지 오빠에게 얘기해 준 사람이 없었다는 게 이상

할 지경이에요."

"데이지, 이젠 모든 게 끝났소. 그에게 진실을 말하기만 하면 되는 거요. 그를 한 번도 사랑한 적이 없다고. 그러면 그 일은 영원히 씻겨 나가는 거지."

그가 진지하게 말했다. 그녀는 멍하니 그를 쳐다보았다.

"아니, 어떻게 내가 저 사람을 사랑할 수 있겠어요. 어떻게요?"

"당신은 저 사람을 한 번도 사랑한 적이 없소."

그녀는 잠시 머뭇거렸다. 그녀는 호소하는 듯한 눈빛으로 조던과 나를 쳐다보았다. 마치 이제야 자기가 무슨 짓을 하고 있는지 깨달은 것 같았다. 그러나 이미 엎질러진 물이었다.

"그를 사랑한 적 없어요."

그녀는 눈에 띄게 내키지 않는 말투로 말했다.

"카피올라니에서도 사랑하지 않았어?"

톰이 갑자기 따져 물었다.

"그래요."

아래층 연회장에서 질식할 듯 답답한 화음이 뜨거운 바람결을 타고 올라오고 있었다.

"당신 신발을 적시지 않으려고 펀치볼에서 당신을 안고 내려왔던 그날도 말이야?"

그의 목소리에는 쉰 듯하면서도 상냥한 여운이 감돌았다.

"데이지?"

"제발, 그만해요."

그녀의 목소리는 여전히 차가웠지만 증오는 가시고 없었다. 그녀는 개츠비를 쳐다보았다.

"제이, 이봐요. 당신은 바라는 것이 너무 많아요!"

그녀는 개츠비에게 소리쳤다.

"지금 난 당신을 사랑하고 있어요. 그걸로 충분하지 않은가요? 과거는 어쩔 수 없잖아요."

그녀는 절망적으로 흐느껴 울기 시작했다.

"저 사람을 한 번쯤은 사랑했단 말이에요. 하지만 당신도 사랑했어요."

개츠비는 눈을 번쩍 떴다 감았다.

"나도 사랑했다고?"

그가 되물었다. 그러자 톰이 무례하게 말했다.

"그것마저도 거짓말이야. 그녀는 당신이 살아 있는지도 몰랐소. 어쨌든 데이지와 나 사이엔 당신이 알지 못하는 일들이 있소. 우리 두 사람이 영원히 잊지 못할 일들 말이오."

그가 내뱉는 말이 개츠비의 몸을 물어뜯는 듯했다.

"데이지와 단둘이서 얘기하고 싶소. 그녀는 지금 너무 흥분해서……."

개츠비가 고집했다.

"우리 둘만 있더라도 톰을 사랑한 적이 없었다고는 말할 수 없어요. 사실이 아니니까요."

"물론 사실이 아닐 수밖에 없지."

톰이 맞장구를 쳤다. 그녀는 남편을 돌아보았다.

"마치 그게 당신에게 중요한 일인 것처럼 말하는군요."

그녀가 말했다.

"물론 중요하고말고. 지금부터는 당신에게 좀 더 잘할 생각이거든."

"당신은 잘 모르는군. 당신은 그녀에게 잘해 줄 필요가 없을 거요."

개츠비는 당황한 기색을 띠며 말했다.

"잘해 줄 필요가 없을 거라고? 왜 그렇지요?"

톰은 눈을 크게 뜨고 껄껄 웃었다. 이제야 그는 자신을 다스릴 여유가 생긴 것이다.

"데이지는 당신과 헤어질 테니까요."

"말도 안 되는 소리."

"하지만 사실이 그런걸요."

그녀는 눈에 띄게 애쓰며 말했다.

"그녀는 나를 떠나지 않아!"

톰의 말이 갑작스럽게 개츠비를 후려갈기는 듯했다.

"여자 손에 끼워 줄 반지까지 훔쳐야 하는 사기꾼 때문에 나와 헤어지지는 않을 거라고."

"더 이상 못 참겠어요! 아, 제발 여기서 나가요."

데이지가 소리쳤다.

"당신 도대체 누구야?"

톰이 갑자기 외쳤다.

"마이어 울프심과 몰려다니는 패거리 중 하나지. 그 정도는 나도 알고 있소. 당신의 사업 관계도 좀 알아봤지. 그리고 내일 좀 더 자세히 알아볼 참이고."

"좋을 대로 하시구려, 형씨."

개츠비가 침착하게 말했다.

톰은 우리를 향해 재빨리 말했다.

"당신의 '약국'이라는 게 뭔지 알아냈소. 울프심이라는 작자가 시카고의 약국 여러 곳을 사들여 에틸알코올을 판 거요. 그게 저 친구의 작은 재주 중 하나지. 난 처음 봤을 때부터 밀주업자일 거라고 생각했는데, 그리 틀린 게 아니었다고."

"어쨌다는 거요? 당신 친구 월터 체이스는 자존심이 없어서 우리 사업에 낀 모양이로군."

개츠비가 점잖게 말했다.

"그런데 당신들은 그 친구가 곤경에 빠진 걸 모른 척했다지? 뉴저지 주 감옥에 한 달 동안 갇혀 있도록 내버려 두었잖아. 맙소사! 월터가 당신 얘기를 어떻게 하는지 들어 봐야 하는데."

"그 사람은 알거지 신세로 우리에게 왔었소. 돈을 좀 만지는 것이 그렇게 반가울 수가 없었던 거지요, 형씨."

"날보고 형씨, 형씨 하지 마시오!"

톰이 고함쳤다. 개츠비는 아무 말도 하지 않았다.

"월터는 당신들을 도박 금지법에 걸어 잡아넣을 수도 있었소. 하지만 울프심이 겁을 주는 바람에 입을 다물고 있었던 거요. 약국 사업은 푼돈 놀이에 지나지 않지."

톰이 천천히 말을 이었다.

"월터가 겁이 나서 나에게 말은 못하지만 당신은 지금 다른 꿍꿍이짓을 벌이고 있어."

나는 공포에 질려 개츠비와 자기 남편을 번갈아 응시하고 있는 데이지를 쳐다보았다.

"제발요, 톰! 이제 더 이상은 못 참겠어요."

겁에 질린 그녀의 눈은 혹시 지금껏 어떤 의지나 용기가 있었다 해도 이제는 완전히 사라지고 말았음을 보여 주었다.

"데이지, 둘이서 먼저 떠나지. 개츠비 씨 차로 말이야."

데이지는 놀란 눈으로 톰을 쳐다보았지만, 그는 아량이라도 베푸는 듯 고집했다.

"어서 가라고. 저자가 당신을 괴롭히진 않을 거야. 주제 넘는 애정 행각이 이미 끝났다는 걸 알아차렸을 테니까."

그들은 한마디 말도 없이 갑자기 가 버렸다. 잠시 뒤, 톰이 자리에서 일어나 마개도 따지 않은 위스키 병을 다시 타월에 싸기 시작했다.

"이거 마실까? 조던? 닉?"

"지금 막 생각이 났는데, 오늘이 마침 내 생일이군."

나는 이제 서른 살이 되었다. 내 앞에는 불길하고 위협적인 한 차례의 십 년이 펼쳐져 있었다. 우리가 그와 함께 쿠페에 올라타 롱아일랜드를 향해 떠난 것은 7시였다. 기분이 좋은지 톰은 웃어 대며 쉬지 않고 지껄였다. 하지만 조던과 나에게는 시끄러운 소리처럼 아득하게만 느껴졌다.

재의 골짜기 옆에서 카페를 운영하는 마이클리스가 사건의 주요 증인이었다. 그는 어슬렁어슬렁 정비소에 갔는데, 조지 윌슨이 사무실에서 앓고 있는 것을 발견했다. 마이클리스가 좀 누워 있으라고 타일렀지만 윌슨은 말을 듣지 않았다. 이렇게 이웃 청년이 그를 타이르고 있는 동안 머리 위에서 큰 소동이 벌어지는 소리가 들렸다.

"마누라를 위층에 가둬 놓았네. 모레까지 가둬 둘 거야. 그러고 나서 우린 이사를 가는 거지."

마이클리스는 깜짝 놀랐다. 사 년 동안 이웃에 살아왔지만 도무지 그런 말을 할 위인으로 보이지 않았기 때문이다. 그는 자기 뜻대로 행동하기보다는 아내에게 휘둘리는 남자였다.

마이클리스는 캐물으려 했지만 윌슨은 한마디도 하지 않았다. 오히려 이 청년에게 의심의 눈초리를 던지더니 어느 날 어느 시간에 무엇을 하고 있었는지 물었다. 마이클리스가 거북하게 느낄 무렵 손님 몇 사람이 그의 음식점으로 가고 있었기 때문에, 그는 나중에 다시 와볼 생각으로 그 기회를 잡아 자리를 떴다. 7시가 조금 지나서 정비소 아래층에서 고래고래 소리치는 윌슨 부인의 목소리가 들렸기 때문에 갑자기 아까 나눴던 이야기가 생각났다.

"어디 때려 봐! 어서 날 넘어뜨리고 때려 보라고. 이 거지발싸개 같은 겁쟁이야!"

잠시 뒤, 그녀는 손을 흔들고 고함을 지르며 땅거미 속으로 뛰쳐나갔다. 그가 자기 집 문간에서 몸을 돌리기도 전에 일은 이미 끝나 있었다.

신문에서 부른 대로 그 '죽음의 자동차'는 멈춰 서지 않았다. 그 차는 어둠을 헤치고 나타나 한순간 비극적으로 비틀비틀하더니 다음 모퉁이로 사라져 버렸다. 마이클리스는 그 자동차의 색깔조차 정확히 알 수 없었다. 처음에는 경찰관에게 옅은 녹색이라고 말했다. 뉴욕을 향해 달리던 다른 차는 100야드가량 지나친 뒤 정지했고, 운전자는 급히 차를 돌려 머틀 윌슨이 무참하게 목숨이 끊어진 채 끈적한 검붉은 피와 먼지에 뒤범벅되어 길바닥에 엎드려 있는 곳으로 되돌아왔다.

마이클리스와 이 남자가 제일 먼저 그녀에게 다가갔다. 아직도 땀에 젖어 축축한 블라우스 자락을 찢어 보니 왼쪽 가슴이 늘어진 물건처럼 너덜거리고 있었고, 심장의 고동 소리는 들어 볼 필요조차 없었다. 우리가 아직 멀리 떨어져 있는데도 자동차 서너 대와 사람들이 옹기종기 모여 있는 것이 보였다.

"자동차 사고로군! 잘됐어, 윌슨에게 드디어 작은 돈벌이가 생기게 됐으니."

톰이 말했다. 그는 속력을 늦추었지만 그래도 차를 멈출 생각은 없었다. 좀 더 가까이 다가가자 정비소 앞에 긴장하고 서 있는 얼굴이 보였고, 그는 자기도 모르게 브레이크를 밟았다.

"잠깐 구경이나 하자고. 그냥 보기만 하면 돼."

우리는 정비소 안에서 울부짖는 소리가 끊임없이 흘러나오는 것을 들었다.

"무슨 끔찍한 사고가 난 게로군."

톰이 흥분하여 말했다. 그는 까치발로 둘러선 사람들의 머리 너머로 정비소 안을 들여다보았다. 그때 톰은 목구멍에서 거친 소리를 내더니 억센 팔로 사람들을 난폭하게 밀어젖히며 안으로 들어갔다. 뭔가를 설명하느라고 중얼거리는 소리와 함께 사람들이 다시 가까이 다가섰다.

머틀 윌슨의 시체는 추위가 염려된다는 듯 담요 두 장에 싸인 채 벽 쪽 작업대에 놓여 있었고, 톰은 시체 위로 몸을 굽히고 있었다. 윌슨이 몸을 앞뒤로 흔들거리며 사무실 문지방에 서 있는 것이 보였다. 어떤 남자가 나지막한 소리로 뭐라고 타이르고 있었지만 윌슨은 들리지도 보이지도 않는 것 같았다. 그의 눈은 흔들거리는 전등에서 시체가 놓인 작업대로 갔다가 전등으로 되돌아가곤 했고, 그럴 때마다 끊임없이 높은 목청으로 소리를 질러 댔다.

"오, 하느님 맙소사!"

마침내 톰이 고개를 쳐들고 흐릿한 눈으로 정비소 안을 둘러보더니 뭐라고 중얼중얼 경찰관에게 지껄였다. 톰이 경찰관의 어깨를 잡자 경찰관은 고개를 쳐들었다.

"어떻게 된 일이오?"

"자동차에 치였소. 즉사했습니다. 저 여자가 도로로 뛰어나갔소. 그 빌어먹을 놈의 운전자는 차를 멈추지도 않았고요."

"차가 두 대 있었어요. 하나는 내려가고, 다른 하나는 올라가고 있었지요. 아시겠어요?"

마이클리스가 말했다.

"어느 쪽으로 갔다고요?"

경찰관이 날카롭게 물었다.

"각기 양쪽 방향으로 가고 있었어요. 저어, 저 여자가……."

그의 손이 담요 쪽으로 반쯤 올라갔다가 다시 그의 옆구리로 내려왔다.

"저 여자가 도로로 뛰어나갔고, 뉴욕에서 내려가던 차가 그녀를 정면으로 들이받았어요. 시속 30~40마일은 됐을 겁니다."

햄쑥한 얼굴에 잘 차려입은 흑인 한 사람이 가까이 다가왔다.

"노란 차였습니다. 커다란 노란 차였어요. 새 차였고요."

"사고를 목격했나요?"

경찰관이 물었다.

"아뇨. 그 차가 내 옆을 달려서 이 아래쪽으로 달려갑디다. 아마 50~60마일은 됐을 거요."

"이리 오시오. 이름 좀 적읍시다. 자, 비켜요. 이 사람 이름 좀 적어야겠어요."

이 대화 중의 몇 마디가 여전히 문간에서 몸을 흔들고 있던 윌슨에게 들린 것이 틀림없었다. 왜냐하면 헐떡거리던 소리가 그치고 갑자기 새로운 외침이 들렸기 때문이다.

"그게 어떻게 생긴 차인지 나에게 말할 필요 없어! 다 알고 있으니까!"

톰의 어깨 뒤쪽 근육이 굳어지는 것이 보였다. 그는 재빨리 윌슨에게로 걸어가더니 앞에 서서 그의 양팔 위쪽을 꽉 붙잡았다. 그는 타이르듯 무뚝뚝하게 말했다.

"정신 차리게."

윌슨의 눈길이 톰에게로 내려앉았다.

"난 방금 뉴욕에서 돌아오는 길이야. 우리가 말하던 그 쿠페를 당신에게 갖다주려고 오는 길이었단 말이야. 오늘 오후에 내가 몰던 그 노란 차는 내 것이 아니오. 오후 내내 난 그 차를 보지도 못했다고."

그 흑인과 나만이 그 말이 들릴 만큼 가까이 있었지만, 경찰관이 그들의 말투에서 무슨 눈치를 챘는지 험상궂은 눈초리로 훑어보았다.

"지금 뭐 하는 거요?"

"이 사람의 친구입니다. 이 사람이 사고 낸 차를 안다고 하는군요. 노란색 차랍니다."

톰이 고개를 돌렸지만 손은 여전히 윌슨을 꽉 붙잡고 있었다.

목소리에서 어떤 흔들림을 느꼈는지 경찰관은 의심스러운 눈으로 톰을 바라보았다.

"당신 차 색깔은 뭡니까?"

"푸른색입니다. 쿠페형이죠."

"지금 막 뉴욕에서 오는 길이지요."

내가 말했다. 우리 뒤에서 조금 떨어져 따라오던 차의 운전자가 이를 확인해 주자 경찰관은 돌아섰다.

"이제 그만 나가세."

그는 남의 눈을 의식하며 위세 있게 두 팔로 길을 텄고, 아직도 모여들고 있는 군중의 틈을 밀치고 빠져나와 왕진 가방을 들고 다급하게 들어오는 의사를 지나쳤다. 혹시나 하는 희망에서 반 시간 전에 부른 의사였다. 의사가 길모퉁이에 이를 때까지 톰은 천천히 차를 몰았다. 그다음부터는 가속기를 힘차게 밟았고, 그의 쿠페는 밤을 헤치고 쏜살같이 달렸다. 조금 후 나지막하게 흐느끼는 소리가 들렸고, 눈물이 그의 얼굴을 타고 흘러내렸다.

"그 빌어먹을 겁쟁이 같으니라고! 차를 세우지도 않다니."

뷰캐넌 부부의 집이 바람에 스치는 검은 나무 사이로 불쑥 눈앞에 나타났다. 톰이 현관 옆에 자동차를 멈추고 담쟁이덩굴 사이로 두 개의 창이 환히 보이는 2층을 올려다보았다.

"데이지가 집에 와 있군. 닉, 웨스트에그에서 자네를 내려 줄 걸 그랬네."

그는 아까와는 다른 태도로 엄숙하면서도 단호하게 말했다. 달빛이 비치는 자갈길을 지나 현관으로 가는 동안 그는 민첩하게 몇 마디로 일을 처리해 버렸다.

"전화를 걸어 집까지 타고 갈 택시를 불러 주면 고맙겠어. 난 밖에서 기다리지."

안에서 택시를 부르는 집사의 목소리가 들렸다. 나는 정문에서 기다릴 작정으로 천천히 차도를 따라 내려갔다. 20야드도 채 가지 않았을 때 내 이름을 부르는 소리가 들리더니, 개츠비가 관목 사이의 길에서 나왔다.

"여기서 뭘 하고 있는 겁니까?"

"길에서 사고 난 것 보았습니까?"

잠시 뒤 그가 물었다.

"예, 봤지요."

그는 잠깐 머뭇거렸다.

"그 여자는 죽었나요?"

"예, 죽었어요."

"그럴 줄 알았어요. 데이지에게도 그럴 거라고 말했지요. 충격은 한꺼번에 받는 편이 더 나으니까요. 그녀는 꽤 잘 견뎌 냈어요.”

그는 데이지의 반응 외에는 아무것도 문제될 것이 없다는 투로 말했다.

“뒷길로 해서 웨스트에그로 갔지요.”

그는 계속해서 말했다.

“제 차고에 자동차를 넣어 두었어요. 목격한 사람은 없는 것 같지만 확신할 수 없지요.”

나는 그가 너무 혐오스러운 나머지 그의 생각이 틀렸다고 말해 줄 필요조차 느끼지 않았다.

“그 여자가 누굽니까?”

“윌슨이라는 여자예요. 남편이 그 정비소의 주인이죠. 도대체 어떻게 하다 그랬습니까?”

“저어, 제가 운전대를 꺾으려고 했는데…….”

그가 하던 말을 뚝 끊었고, 나는 갑자기 진실을 알아차렸다.

“데이지가 운전을 하고 있었군요?”

“그래요. 하지만 물론 내가 운전했다고 할 겁니다. 뉴욕에서 출발할 때 그녀는 신경이 너무 날카로워져 있어서 운전을 하면 마음이 좀 안정되리라고 생각했던 거지요. 맞은편에서 오는 차를 지나치려는 순간 그 여자기 우리한테 달려들었어요. 글쎄, 처음에 데이지는 그 여자를 피하려고 마주 오던 차 쪽으로 운전대를 꺾었다가 겁을 먹고는 운전대를 다시 돌렸지요. 내가 운전대를 잡는 순간 부딪히는 충격이 느껴졌습니다. 아마 즉사했을 거예요.”

그는 눈을 찡그렸다.

“아무튼…… 데이지는 사람을 치고도 그냥 차를 몰았지요. 내가 차를 세우게 하려고 했지만 그럴 수가 없었어요. 그래서 내가 핸드 브레이크를 당겼습니다. 그러고 나서야 그녀는 내 무릎 위로 쓰러졌어요. 그다음부터는 내가 차를 몰았지요.”

“데이지는 내일이면 괜찮을 거예요.”

그가 곧 말했다.

“난 지금 여기서 기다리면서 혹 그자가 오늘 오후에 있었던 불쾌한 일을 가지고 데이지를 괴롭히지나 않나 지켜보려고 합니다. 그녀는 방에 들어가 문을 잠그고 있어요. 만일 그자가 폭행이라도 하려고 들면 불을 껐다가 다시 켜기로 했지요.”

“톰이 손찌검을 하지는 않을 겁니다. 그는 지금 데이지는 안중에도 없거든요.”

“난 그를 못 믿겠어요, 형씨.”

“얼마나 오래 기다릴 작정입니까?”

“필요하다면 밤새도록이라도 기다릴 겁니다. 하여간 모두 잠들 때까지는 기다릴 거예요.”

새로운 생각이 떠올랐다. 데이지가 차를 몰았다는 사실을 톰이 알아낸다면 어떻게 될까?

"여기서 잠깐만 기다리고 계십시오. 무슨 소동이 일어날 낌새가 있는지 보고 오겠습니다."

나는 잔디밭 가장자리를 따라 돌아가 자갈길을 가로질러 베란다 층계를 살금살금 올라가 보았다. 데이지와 톰은 싸늘하게 식은 닭고기튀김 한 접시와 흑맥주 두 병을 사이에 두고 마주 앉아 있었다. 그는 탁자 건너편으로 그녀에게 뭐라고 열심히 말하고 있었고, 그러면서 내려온 손이 그녀의 손을 덮고 있었다. 그녀는 이따금 그를 올려다보며 알았다는 듯이 고개를 끄덕였다. 그 광경은 누가 봐도 그들이 함께 무슨 음모를 꾸미고 있다고 생각했을 것이다. 현관을 살금살금 걸어 나가자, 내가 타고 갈 택시가 어두운 길을 따라 천천히 집을 향해 들어오는 소리가 들렸다. 개츠비는 내가 아까 기다리라고 한 바로 그 자리에서 그대로 기다리고 있었다.

"그래, 조용합디까?"

그가 걱정스럽게 물었다.

"예, 아주 조용하네요. 집에 돌아가 좀 주무시는 게 좋을 텐데요."

그러나 그는 고개를 내저었다.

"데이지가 잠들 때까지 여기서 기다리고 싶습니다. 안녕히 가세요, 형씨."

그는 외투 주머니에 두 손을 집어넣고, 마치 내가 옆에 있는 것이 자신의 신성불가침에 흠이라도 되는 것처럼 집 쪽으로 다시 고개를 돌렸다. 그래서 나는 걸어 나왔다. 그가 달빛 아래서 아무것도 아닌 것을 지켜보도록 남겨 둔 채 말이다.

제 8 장

나는 밤새도록 제대로 잠을 이룰 수 없었다. 해협에서는 안개 경보가 끊임없이 들려왔고, 기괴한 현실과 잔인하고 무서운 꿈 사이를 오락가락하며 나는 반쯤 아픈 상태에서 몸을 뒤척였다. 새벽녘에 개츠비 저택의 차도로 택시 한 대가 올라가는 소리를 듣고 나는 곧장 침대에서 뛰쳐나와 옷을 입었다. 그에게 할 말이 있었다. 조심하라고 경고해 주어야 할 것 같은데 아침이 되면 너무 늦을지도 몰랐다.

그는 낙심한 것 같기도 하고 졸린 것 같기도 한 표정으로 홀의 테이블에 기대서 있었나.

"아무 일도 없었습니다."

그는 맥없이 말했다.

"줄곧 기다렸지요. 새벽 4시쯤 돼서 그녀가 창가로 오더니 잠깐 서 있다가 불을 끄더군요."

우리는 장막 같은 커튼을 옆으로 걷으면서 전등 스위치를 찾느라 헤아릴 수 없이 높은 컴컴한 벽을 더듬었다. 한번은 유령 같은 피아노 건반에 걸려 그만 넘어지기도 했다. 어디 할 것 없이 먼지투성이였고, 오랫동안 통풍을 시키지 않은 듯 곰팡이 냄새가 났다.

"잠시 이곳을 떠나 계십시오. 사람들이 당신 자동차를 찾아낼 겁니다."

"지금 당장 떠나란 말씀입니까, 형씨?"

"애틀랜틱 시에 가서 일주일 정도 있거나, 아니면 몬트리올에 갔다 오시든지요."

개츠비는 그럴 생각이 없었다. 데이지가 어떻게 할 작정인지 알기 전에는 도저히 떠날 수 없다는 것이었다. 그가 나에게 댄 코디와 함께 보낸 그 이상한 젊은 시절 얘기를 들려준 것이 바로 그날 밤이었다. 그가 그 얘기를 한 것은, '제이 개츠비'가 톰의 그 격렬한 악의 앞에 유리 조각처럼 산산이 부서지면서 길고 은밀했던 희극이 모두 끝났기 때문이었다.

그녀는 그가 난생처음으로 알게 된 '우아한' 여자였다. 그는 숨겨진 다양한 능력을 발휘해 상류층 사람들과 만나긴 했지만, 그들과의 사이에는 언제나 눈에 보이지 않는 가시철조망이 가로놓여 있었다. 그는 그녀가 몹시도 탐났다. 처음에는 캠프 테일러의 다른 장교들과 같이 그녀의 집에 놀러 갔지만 나중에는 혼자서 찾아갔다. 그렇게 아름다운 집에 들어가 보기는 처음이었다. 그 집에서 숨 막힐 정도로 격한 기분을 느낀 것은 바로 데이지가 살고 있다는 사실 때문이었다. 그녀에게 그 집은 훈련소의 텐트가 그에게 예사로운 것처럼 그렇게 예사로운 것이었다. 지금까지 많은 남자가 이미 데이지를 사랑했다는 사실 또한 그의 가슴을 더욱 설레게 했다. 그럴수록 그의 눈에는 그녀의 가치가 더 크게 보였던 것이다.

그러나 그는 데이지의 집에 발을 들여놓게 된 것이 엄청난 우연임을 알고 있었다. 제이 개츠비로서 그의 장래가 아무리 찬란하다고 해도 그때는 아무런 경력이 없는 무일푼 청년에 불과했으며, 지금 당장이라도 눈에 보이지 않는 제복이 어깨에서 흘러내려 버릴지도 모를 일이었다. 그래서 자기에게 주어진 시간을 최대한으로 이용하기로 마음먹었다. 그는 자신이 얻을 수 있는 것을 염치를 무릅쓰고 게걸스럽게 구했다. 고요한 10월의 어느 날 밤 마침내 그는 데이지를 자시했는데, 사실 그로서는 그녀의 손을 만질 자격조차 없었기 때문에 그랬던 것이다.

그는 자신이 그녀와 같은 사회 계층에 속하는 인물인 것처럼 믿도록 만들었다. 그녀를 충분히 보살펴 줄 능력이 있다고 말이다. 사실 그에게는 풍요로운 집안의 뒷받침도 없었고, 비인간적인 정부의 변덕에 따라 목숨이 세계 어디에서 날아가 버리게 되는지도 모를 상황이었다. 그녀가 특별하다는 것은 알고 있었지만 도대체 어느 만큼이나 특별할 수 있는지는 미처 깨닫지 못했다.

이틀 뒤 그들이 다시 만났을 때 어쩐지 배반당한 것 같은, 그래서 숨이 가빴던 쪽은 개츠비였다. 그녀의 집 현관은 돈을 주고 산 별빛 같은 사치품으로 눈부셨다. 개츠비는 부가 가두어 보호하는 젊음과 신비, 그 많은 옷이 주는 신선함 속에서, 그리고 힘겹게 살아가는 가난한 사람들과는 동떨어진 곳에서 그녀가 은처럼 안전하고 자랑스럽게 빛을 발한다는 것을 절실하게 깨달았다.

"내가 그녀를 사랑하고 있다는 사실을 알았을 때 얼마나 놀랐는지는 차마 말로 표현할 수가 없습니다, 형씨. 한동안은 그녀가 나를 차 버려 줬으면 하고 바라기까지 했지만 그녀는 그러지 않았습니다. 그녀도 나를 사랑하고 있었으니까요. 그녀는 자기가 모르는 것을 내가 안다는 이유로 내가 꽤나 똑똑한 줄 알았습니다. 아무튼 나는 본래의 야망과는 멀어진 채 점점 더 깊이 사랑에 빠져들었지요. 그녀에게 앞으로 할 일을 들려주면서 훨씬 즐거운 시간을 보내고 있는데, 도대체 거창한 일을 하는 게 무슨 소용이 있겠습니까?”

그가 외국으로 떠나기 전날 늦은 오후, 그는 데이지를 껴안고 오래오래 가만히 앉아 있었다. 마치 다음 날이 기약하는 긴 이별에 추억을 깊이 간직해 두려는 듯 말이다. 그들이 서로 사랑한 한 달 동안에도 그날 데이지의 다문 입술이 그의 웃옷 어깨를 스칠 때나, 마치 그녀가 잠들어 있기라도 한 듯 살짝 그녀의 손끝을 만질 때만큼 서로 친밀하게 느끼거나 마음속 깊은 곳까지 통했던 적은 일찍이 없었다.

군대에서 그는 꽤 성공한 편이었다. 전선에 배치되기 전에 이미 대위로 진급했고, 아르곤 전투 뒤에는 소령으로 진급하면서 사단 기관총 부대의 지휘관이 되었으니 말이다. 휴전 뒤 그는 빨리 귀국하려고 서둘렀지만 무슨 업무 착오가 있었는지 옥스퍼드로 파견되고 말았다. 그는 이제 걱정이 되기 시작했다. 데이지의 편지에는 신경질적인 절망 같은 것이 담겨 있었다. 그가 어째서 귀국을 못하는지 그녀로서는 이해할 수가 없었다. 주위에서 압력을 받고 있던 그녀는 그를 만나고 싶어 했고, 그가 옆에 있어 주기를 원했으며, 결국은 그녀가 옳은 일을 하고 있다고 확인받고 싶어 했다.

계절이 바뀌면서 데이지는 또다시 하루에도 몇 번씩 남자들과 데이트를 했고, 새벽녘이 되어서야 침대 머리맡에 놓인 시들어 가는 난초 사이에서 잠에 곯아떨어졌다. 그러는 동안에도 줄곧 그녀의 마음속에는 뭔가 결단을 내려야 한다는 절박한 소리가 아우성치고 있었다. 그녀는 지금 당장 자신의 인생이 어떤 형태를 갖추기를 바랐다. 그리고 그 결단은 어떤 힘에 의해 이루어져야 했다.

그 힘이라는 것은 봄이 무르익어 갈 무렵 톰 뷰캐넌이 출현하면서 구체적인 모습을 드러냈다. 그의 풍채나 사회적 위치가 주는 무게감에 데이지는 우쭐해졌다. 데이지가 얼마간 갈등을 겪었던 것은 의심할 여지가 없겠지만 안도감 같은 감정 역시 느꼈음에 틀림없다. 옥스퍼드에 있는 동안 개츠비는 그런 사연이 담긴 편지를 받았다.

"난 데이지가 그를 사랑한 적이 있다고 생각지 않습니다."

개츠비는 창문에서 돌아서더니 도전적으로 나를 쳐다보았다.

"어제 오후에는 그녀가 겁을 먹도록 그 사람이 그런 얘기를 꺼냈으니까요. 내가 무슨 비열한 사기꾼이나 되는 것처럼 몰아세웠지요. 그 바람에 그녀는 자기가 무슨 말을 하고 있는지도 제대로 깨닫지 못했던 겁니다. 하기야 신혼 당시엔 아주 잠깐 동안 그를 사랑했을는지도 모르지요. 그때조차 나를 더 사랑했고요. 아시겠습니까?”

갑자기 그는 이상한 말을 꺼냈다.

“어쨌든 말입니다. 그건 그저 개인적인 문제일 뿐이지요.”

판단하기 어려운 일에 그가 좀 집착하는 게 아닐까 하고 의심해 보는 것 외에는 달리 그 말을 받아들일 수 있는 방법이 없었다. 그는 톰과 데이지가 신혼여행을 떠나 있는 사이 프랑스에서 돌아와 군대에서 받은 마지막 월급으로 비참하지만 어쩔 수 없이 루이빌에 찾아갔다. 데이지의 집이 다른 집보다 늘 신비롭고 즐거워 보였던 것과 마찬가지로, 비록 그녀는 가 버리고 없었지만 그 도시 자체에 대한 그의 생각 역시 일종의 우울한 아름다움으로 가득 차 있었다.

그는 그곳을 떠나면서 좀 더 애를 쓴다면 그녀를 찾아낼 수도 있을 것 같은 생각이 들었다. 이제 눈물로 흐려진 그의 눈으로 바라보기에는 도시가 너무나 빨리 지나가 버렸고, 그는 그 도시에서 가장 새롭고 가장 아름다운 것을 영원히 놓쳐 버렸다는 사실을 깨달았다.

우리가 아침 식사를 마치고 현관으로 나왔을 때는 벌써 9시였다. 밤사이에 날씨가 많이 바뀌어서 대기에는 가을 기운이 완연했다. 개츠비의 예전 하인 중 마지막으로 남아 있는 유일한 사람인 정원사가 층계 밑으로 다가왔다.

"주인어른, 오늘 수영장 물을 뺄까 하는데요. 나뭇잎이 떨어지기 시작하면 꼭 배수관에 문제가 생기거든요."

"오늘은 하지 말게."

개츠비가 대답했다. 그는 사과하듯 나를 돌아보았다.

"그게 말이지요, 형씨. 여름 내내 풀장을 한 번도 이용하지 못했거든요."

나는 시계를 들여다보고 자리에서 일어났다.

"기차 시간이 십이 분밖에는 남지 않았군요."

나는 시내에 나가고 싶지 않았다. 나는 개츠비를 혼자 남겨두고 싶지 않았다. 나는 그 기차를 놓치고 다음 기차도 놓쳐 버린 후에야 마지못해 자리에서 일어섰다.

"전화 드리지요."

마침내 내가 말했다.

"그래 주시겠습니까, 형씨."

"12시쯤 걸겠습니다. 데이지도 전화를 하겠지요."

마치 내가 이 일의 공범자라도 되는 것처럼 그는 걱정스럽게 나를 쳐다보았다.

"자, 그럼 안녕히 가세요."

울타리에 다다르기 직전에 나는 뭔가 생각이 나서 돌아섰다.

"그 인간들은 썩어 빠진 족속이오. 당신 한 사람이 그들 모두

합쳐 놓은 것보다 훌륭합니다.”

나는 잔디밭 너머로 소리쳤다. 나는 지금까지도 그때 그 말을 하길 잘했다고 생각한다. 나는 처음부터 끝까지 그가 하는 행동에 찬성한 적이 없기 때문에 그것이 그에게 한 유일한 칭찬이었다. 처음에 그는 점잖게 고개를 끄덕이더니, 나중에는 활짝 밝아진 얼굴로 마치 그동안 줄곧 그 범행을 공모해 오기라도 한 것처럼 알았다는 듯이 미소를 지었다.

“안녕히 계십시오. 아침 잘 먹었어요, 개츠비.”

뉴욕으로 온 뒤 나는 얼마 동안 끝도 없이 쌓인 주식 시세표를 작성하려고 하다가 그만 잠이 들어 버리고 말았다. 정오가 되기 직전 전화벨 소리에 깨어 고개를 번쩍 들어 보니 이마에 땀방울이 흘러내리고 있었다. 조던 베이커였다. 그녀는 확실하게 일정을 세워 두지 않고 호텔과 클럽, 자신의 집을 전전했기 때문에 달리 연락할 방법이 없어 이 시간이면 가끔 전화를 걸어 오곤 했다. 보통 때에는 그녀의 목소리가 초록색 골프장의 잔디 조각이 사무실 창문으로 날아 들어오는 것처럼 상쾌하고 시원스럽게 느껴졌는데, 오늘 아침에는 왠지 귀에 거슬리고 메마르게 들렸다.

“데이지의 집에서 나왔어요. 지금 헴스테드에 있는데 오후에 사우샘프턴으로 가려고 해요.”

조던이 데이지의 집을 나온 것은 잘한 행동이었는지도 모르지만 나는 화가 치밀었고, 그다음 말을 듣자 몸이 굳어져 버렸다.

"어젯밤 당신은 별로 절 배려하지 않으시더군요."

"그런 상황에서 그게 그렇게 중요합니까?"

잠시 침묵이 흘렀다. 그러더니 이렇게 말을 이었다.

"하지만 당신을 만나고 싶어요."

"나도 만나고 싶습니다."

"사우샘프턴에 가지 말고 오후에 시내로 나오란 말씀인가요?"

"아니요. 아무래도 오늘 오후는 안 될 것 같군요."

"알았어요."

"오늘 오후엔 도저히 안 되겠어요. 여러 가지로……."

한동안 우리는 이런 식으로 이야기를 나누다가 갑자기 말이 끊기고 말았다. 둘 중에 누가 먼저 수화기를 내려놓았는지는 모르지만 나는 별로 상관하지 않았다. 다시는 그녀와 말을 못 하게 되는 한이 있어도 그날만은 태평스럽게 이야기를 나누고 있을 수 없었다.

몇 분이 지난 뒤 나는 개츠비 저택에 전화를 걸었지만 통화중이었다. 네 번이나 걸었더니 마침내 화가 난 교환수가 그 전화선은 디트로이트에서 장거리 전화를 기다리고 있는 중이라고 알려 주었다. 나는 기차 시간표를 꺼내 3시 50분 기차에 조그맣게 동그라미를 쳤다. 그러고는 의자에 깊숙이 기대앉아 생각해 보려 애썼다. 이때 시간은 정오였다.

그날 아침 기차를 타고 재의 골짜기를 지날 때 나는 일부러 반대편 찻간으로 건너갔다. 그곳에는 하루 종일 호기심 많은 사람들이 서성거리리란 짐작이 갔다. 수다쟁이들이 끊임없이 그 사건을 되풀이해서 말하는 바람에 그 일은 현실감을 잃어 더 이상 할 말조차 없어져 버리고, 결국 머틀 윌슨의 비극적 종말도 잊히고 말리라. 여기에서 잠시 조금 뒤로 돌아가, 전날 밤 우리가 정비소를 떠난 뒤 그곳에서 있었던 일을 이야기해야겠다.

경찰은 머틀의 여동생 캐서린의 소재를 파악하느라 진땀을 뺐다. 그날 밤 그녀가 나타났을 때는 이미 곤드레만드레 술에 취해 있어서 앰뷸런스가 플러싱으로 떠났다는 이야기도 제대로 알아듣지 못할 정도였다. 사람들이 그 사실을 납득시켜 주자 그녀는 즉시 기절해 버렸다. 마치 앰뷸런스가 떠난 것이 견딜 수 없는 일이기라도 한 듯이 말이다. 누군가가 친절해서인지 호기심에서인지 그녀를 자기 차에 태워 언니의 시신을 뒤쫓아 가 주었다.

한밤중이 훨씬 지난 시간까지 윌슨은 정비소 인의 긴 의지에 앉아 있었다. 3시쯤 되자 앞뒤가 맞지 않던 윌슨의 중얼거림에 변화가 일어나기 시작했다. 전보다 차분해졌고, 노란 자동차 이야기를 하기 시작했다. 그는 노란 차가 누구 것인지 알아내는 방법이 있노라고 하더니, 두 달 전에 아내가 시내를 다녀왔는데 얼굴에 상처를 입고 코가 부어 있더라는 말을 불쑥 내뱉는 것이었다. 그러나 이 말을 해 놓고는 놀라 움찔하더니 울부짖기 시작했다. 마이클리스는 서툴게나마 그의 마음을 돌려 보려고 애를 썼다.

"아저씨, 결혼하신 지는 얼마나 됐나요? 자, 이것 보세요. 잠깐만 가만히 앉아서 제가 묻는 말에 대답 좀 해 보세요. 결혼하신 지 얼마나 되었어요?"

"십이 년 됐어."

"아이는 없고요? 자, 이보세요, 아저씨, 아이는 없으세요? 가끔이라도 나가시는 교회가 있습니까? 아주 오랫동안 발을 끊었던 교회라도 말이에요. 제가 교회에 전화를 걸어 목사님을 오시게 해서 아저씨와 얘기를 좀 나누어 보라고 하면 어떨까요?"

"아무 교회도 안 나가."

"교회에 나가셔야 돼요, 아저씨. 전에는 분명히 교회에 다니셨을 텐데요. 교회에서 결혼식을 하지 않았습니까? 이보세요, 아저씨. 교회에서 결혼하지 않으셨어요?"

"그건 아주 오래전의 일이지."

대답을 하려는 노력 때문에 몸을 흔드는 리듬이 깨어졌다. 그는 책상을 가리키며 말했다.

"거기 서랍 안을 좀 봐라."

"어느 쪽 서랍 말입니까?"

마이클리스는 자기 손에서 가장 가까운 서랍을 열었다. 그 안에는 가죽과 은실로 꼰 값비싼 작은 개줄 말고는 아무것도 없었다. 그 개줄은 새것처럼 보였다.

"이것 말입니까?"

그것을 들어 올리며 그가 물었다. 윌슨은 쳐다보고는 고개를 끄덕거렸다.

"어제 오후에 그것을 처음 발견했지. 마누라는 변명하려 들었지만 난 그게 예사 물건이 아니라는 걸 알고 있었어."

"그럼 부인이 이걸 사셨다는 말씀인가요?"

"마누라는 그걸 포장지에 싸서 옷장 위에 놓아두었거든."

마이클리스는 그게 어째서 이상한지 알 수 없었고, 윌슨에게 그의 아내가 그 개줄을 살 만한 이유를 몇 가지 말해 주었다. 그러나 중얼거리는 것으로 보아 윌슨은 이미 머틀에게서 그런 설명을 들은 모양이었다.

"그러니까 _그_ 사가 _죽_ 인 거야."

윌슨이 말했다. 갑자기 그의 입이 쩍 벌어졌다.

"누가 죽였다고요? 아저씨, 아저씨는 지금 제정신이 아니에요."

그의 친구가 말했다.

"이번 일로 너무 긴장하셔서 지금 무슨 말을 하는지도 모르시는 거예요. 아침까지 조용히 앉아 계시는 게 좋겠어요."

"그놈이 내 마누라를 죽였어."

"아저씨, 그건 사고였어요."

윌슨은 머리를 내저었다.

"난 다 알고 있어. 난 꽤 믿을 만한 사람이고, 누굴 해칠 생각 같은 건 추호도 없어. 하지만 일단 내가 뭘 알게 되면 그건 진짜로 아는 거라고. 그 차에 탄 사내 녀석이었어. 마누라는 그놈에게 말을 걸려고 쫓아 나갔는데, 그놈은 차를 멈추지 않았던 거야."

마이클리스도 그런 모습을 보기는 했지만 거기에 무슨 특별한 의미가 있으리라고는 미처 생각하지 못했다. 그는 윌슨 부인이 딱히 어떤 차를 세우려고 했다기보다는 남편에게서 도망치려던 거라고 생각했다.

"부인이 왜 그랬을까요?"

"교활한 여자니까."

마치 그것으로 충분한 대답이 되는 것처럼 윌슨이 말했다.

"아저씨, 제가 전화를 걸어 드릴 만한 친구가 있으세요?"

윌슨에게는 친구가 한 명도 없는 것이 확실했다. 친구는커녕 마누라도 버거워하는 위인이었다. 시간이 조금 지나 창가에 푸른빛이 되살아나면서 방 안이 달라지고 새벽이 멀지 않았음을 알게 되자 그는 반가워하는 것 같았다. 5시쯤에는 전등을 꺼도 될 만큼 날이 밝아 왔다.

"내가 마누라에게 말했지. 나를 속일 수 있을지는 몰라도 하느님은 속이지 못한다고. 나는 마누라를 창문으로 데리고 갔어."

그는 힘들여 자리에서 일어나 뒤쪽 창으로 걸어가더니 얼굴을 창에 갖다 대고 기대섰다.

"그러고는 이렇게 말했지. '하느님은 당신이 한 짓을 전부 알고 계셔. 하나도 빼놓지 않고 모두. 날 속여도 하느님은 못 속여!' 이렇게 말이야. 하느님은 못 보는 것이 없으시지."

윌슨이 되풀이해 말했다. 마이클리스는 다시 방 안을 둘러보았다. 윌슨은 다시 창틀에 얼굴을 바짝 들이대고 여명을 향해 고개를 끄덕이며 오랫동안 그 자리에 그대로 서 있었다. 6시쯤 해서 마이클리스는 이미 지칠 대로 지쳐 있었다. 그래서 밖에서 자동차 멈추는 소리가 들리자 반가워했다. 그는 세 사람분의 아침 식사를 만들었지만 결국 그 남자와 둘이서만 먹었다. 이제 윌슨은 좀 더 조용해졌고, 마이클리스는 집으로 돌아가 잠을 잤다. 네 시간 뒤 깨어나서 다시 정비소로 돌아와 보니 윌슨은 이미 사라지고 없었다.

그의 행적은 나중에 추적되었는데, 처음에는 포트 루스벨트로 갔다가 거기서 개즈힐까지 갔고, 거기에서 샌드위치를 한 개 샀지만 먹지는 않고 커피 한 잔만 마셨다. 점심때가 될 때까지도 개즈힐에 도착하지 못한 것을 보면 그가 어떻게 시간을 보냈는지 설명하기 어렵지 않았다. '미친 사람처럼 행동하는' 남자를 보았다는 아이들이 있었고, 길옆에 서서 이상한 눈초리로 훑어보았다는 운전자도 있었다. 마이클리스에게 '찾아내는 방법이 있다'고 했던 말을 근거로, 경찰은 윌슨이 정비소를 하나하나 뒤지며 노란 자동차를 찾는 데 그 세 시간을 보냈을 것이라고 추측했다. 그런데도 그를 봤다는 정비소 사람은 단 한 명도 나타나지 않았다. 2시 반쯤 해서 그는 웨스트에그에 도착해 있었고, 그곳에서 누군가에게 개츠비의 집으로 가는 길을 물었다. 그러니 그 시간, 윌슨은 이미 개츠비의 이름을 알고 있었던 것이다.

2시에 개츠비는 수영복으로 갈아입고 누구에게서든 전화가 걸려 오면 풀장으로 알려 달라고 집사에게 일러두었다. 그리고 어떤 일이 있더라도 오픈카를 꺼내 놓지 말라고 지시했다. 그런

데 운전기사는 앞쪽 오른쪽을 수리해야 할 것처럼 보였기 때문에 의아하게 생각했다.

전화는 한 통도 오지 않았지만 집사는 낮잠까지 거르면서 4시가 되도록 기다렸다. 개츠비 자신도 전화가 걸려 오리라고는 믿지 않았을 것이고, 이미 그런 것에 신경을 쓰지 않았을지도 모른다는 생각이 든다. 만일 그게 사실이라면, 그는 단 하나의 꿈을 품고 너무 오랫동안 살아온 것에 값비싼 대가를 치렀다고 느꼈던 것이 틀림없다.

울프심의 부하인 운전기사가 총소리를 들었다. 나중에 그는 총소리를 별로 심각하게 생각하지 않았다고 말할 뿐이었다. 나는 기차역에서 개츠비의 집으로 곧장 차를 몰았다. 풀장 한쪽 끝에서 맑은 물이 흘러나와 다른 쪽 배수구로 밀려가기 때문에 물이 보일 듯 말 듯 움직이고 있었다. 매트리스는 수면 위에 떠 있던 나뭇잎 더미에 닿자 천천히 돌면서 마치 컴퍼스의 다리처럼 물 위에 붉은 동그라미를 남겨 놓았다.

우리가 개츠비의 시체를 들고 집으로 출발한 뒤에야 정원사가 조금 떨어진 잔디밭에서 윌슨의 시체를 발견했다. 그리하여 그 어처구니없는 학살은 막을 내리게 되었다.

제 9 장

그로부터 이 년이 지난 지금도 나는 그날의 나머지 시간과 그 날 밤, 그리고 그 이튿날을 떠올리면 오직 경찰과 사진 기자와 신문 기자들이 개츠비의 집에 끝없이 들락날락했다는 것만 기억난다.

그날 오후 형사인 듯한 사람이 자신만만한 태도로 윌슨의 시체를 들여다보며 '미친놈'이라는 표현을 사용했고, 그의 목소리에 우연히 권위가 실리면서 다음 날 신문 기사의 실마리가 되었다.

신문 기사는 대부분 악몽이었다. 정황에 따라 열을 올리며 써 내려간 기사는 기괴하고 진실과는 거리가 멀었다. 뭔가 할 말이 있을 법한 캐서린은, 언니는 개츠비를 본 적도 없고 남편과 행복하게 살았다고 증언했다. 그래서 윌슨은 '비탄에 빠진 나머지 정신착란을 일으킨' 사람으로 축소된 채 사건은 끝났다.

개츠비를 발견한 지 삼십 분 뒤, 나는 아무런 망설임 없이 본능적으로 데이지에게 전화를 걸었다. 그러나 그녀와 톰은 그날 오후에 짐까지 꾸려 가지고 집을 나갔다고 했다.

"어디 갔는지 짚이는 데가 없습니까? 어떻게 하면 연락이 닿을 수 있을까요?"

"모릅니다. 말씀드릴 수 없어요."

나는 개츠비를 위해 누군가를 데려오고 싶었다. 마이어 울프심의 이름은 전화번호부에 나와 있지 않았다. 집사가 브로드웨이에 있는 그의 사무실 주소를 가르쳐 주었고, 전화번호를 알았을 때는 이미 5시가 훨씬 지나 버려 아무도 전화를 받지 않았다.

"한 번 더 연결해 주실 수 없겠습니까? 아주 중요한 일이에요."

"벌써 세 번이나 했어요. 미안하지만 아무도 없는 모양이에요."

나는 응접실로 돌아왔다. 방을 가득 채운 이 사람들은 공무 때문에 왔다가 그냥 가 버릴 자들이라는 생각이 스쳐 갔다. 그 자들이 시트를 걷고 무감각한 눈길로 그를 바라보는 동안에도 개츠비의 항의가 여전히 내 머릿속에 맴돌았다.

'이봐요, 형씨. 나를 위해 누군가를 데려다 주시오. 이렇게 혼자서는 견딜 수가 없어요.'

이튿날 아침, 나는 울프심에게 편지를 써서 집사를 뉴욕에 보냈다. 개츠비의 신상에 대한 정보를 알려 달라는 것과 다음 기차로 빨리 와 달라는 내용이었다. 그 편지를 쓰면서 나는 필요 없는 짓을 한다는 생각이 들었다. 정오가 지나기 전에 데이지에게서 전화가 걸려 올 것이라고 확신했던 것처럼, 그도 신문을 보자마자 이곳으로 출발했을 거라고 확신했기 때문이다. 그러나 전화도 걸려 오지 않았고, 울프심도 오지 않았으며, 오히려 경찰관과 사진 기자와 신문 기자만 더 많이 찾아왔다. 집사가 울프심의 답장을 가지고 왔을 때 나는 그들 모두에게 반항심을 느끼기 시작했다.

친애하는 캐러웨이 씨.

이 일은 내 생애에 가장 끔찍한 충격이어서 그 사실을 믿을 수 없을 정도입니다. 그러나 사업상으로 아주 중요한 일이 있어 갈 수 없으며, 이 일에 관여할 수 없습니다. 만약 제가 할 수 있는 일이 있으면 나중에 에드거를 통해 편지로 알려 주시기 바랍니다. 이런 소식을 들은 지금, 제가 어디에 있는

지 모를 정도로 완전히 쓰러져 버릴 지경입니다. 장례식 등
에 대해서 알려 주시고, 그의 가족에 대해선 전혀 아는 바가
없습니다.

　　당신의 친구 마이어 울프심

미네소타 주에서 헨리 C. 개츠라고 서명한 전보가 날아온 것
은 사흘째 되는 날이었다. 전보는 발신인이 즉각 출발할 테니
도착할 때까지 장례식을 연기해 달라는 내용이었다.

개츠비의 아버지는 근엄한 노인이었는데 상심으로 무력해 보
였으며, 따뜻한 9월이었는데도 두꺼운 싸구려 외투로 온몸을
감싸고 있었다. 감정이 격해져 계속 눈물을 흘리고 있었고, 내가
가방과 우산을 받아 들자 쉴 새 없이 성긴 회색 수염을 쓸어내렸
다. 그는 금방이라도 쓰러질 듯했기 때문에 나는 그를 음악실로
데리고 가서 앉힌 뒤 사람을 시켜 먹을 것을 가져오게 했다.

"시카고 신문에서 보았소이다. 신문마다 다 났더군요. 신문을
보자마자 출발했소."

그가 말했다.

"어떻게 연락을 드려야 할지 몰랐습니다."

두 눈에 아무것도 들어오지 않았지만 그는 끊임없이 방을 두
리번거렸다.

“그놈은 미치광이야. 틀림없이 미쳤소.”

“커피 드시겠습니까?”

“아무것도 싫소. 난 이젠 괜찮아요. 성함이……..”

“캐러웨이라고 합니다.”

“글쎄, 이젠 괜찮아졌소. 지미는 어디다 두었소?”

나는 그를 데리고 그의 아들이 누워 있는 거실로 가서 그곳에 남겨 두고 나왔다. 얼마 뒤 개츠 씨가 문을 열고 나왔는데, 입이 살짝 벌어진 채 얼굴은 약간 상기되어 있었고, 두 눈에서는 이따금씩 눈물이 흘러나왔다. 그는 이미 죽음이 공포의 대상이 되지 못하는 나이에 이르러 있었다. 나는 그를 부축하여 위층 침실로 올라갔다. 그가 외투와 조끼를 벗는 동안, 나는 그에게 모든 일의 처리를 그가 올 때까지 연기해 놓았노라고 말했다.

“어떻게 하고 싶어 하실지 몰라서요, 개츠비 씨.”

“내 이름은 개츠요.”

“개츠 씨, 저는 어르신께서 시신을 서부로 옮기실 거라고 생각했습니다만.”

그는 머리를 좌우로 흔들었다.

“지미는 동부를 더 좋아했소. 그 애는 동부에 자리를 굳혔거든. 우리 아이의 친구였소?”

“친한 친구였지요.”

"내 아들은 앞길이 창창한 아이였소. 머리가 상당히 좋았지."

그는 인상적인 동작으로 자신의 머리를 만졌고, 나는 고개를 끄덕였다.

"만약 살아 있었으면 큰 인물이 되었을 거요. 제임스 J. 힐 같은 인물 말이오."

"아마 그랬을 겁니다."

나는 마지못해 맞장구를 쳤다. 그는 더듬거리며 침대에서 수놓은 침대보를 벗겨 내려고 하다가 뻣뻣한 자세로 그냥 누워 버렸다. 그러더니 금방 곯아떨어졌다. 그날 밤 어떤 사람이 놀란 목소리로 전화를 걸어 와서는 자기 이름을 밝히기도 전에 먼저 나에게 누구냐고 물었다.

"캐러웨이라고 합니다만."

그는 안심한 듯했다.

"난 클립스프링어입니다."

나 역시 마음이 놓였다. 개츠비의 장례식에 올 친구가 하나 늘어난 것 같았기 때문이다.

"장례는 내일입니다. 오후 3시에 집에서 있습니다. 오실 분이 있으면 연락해 주십시오."

"아, 그러지요."

그의 말투에는 미심쩍어 하는 기색이 있었다.

"물론 만날 사람이 있을 것 같지는 않지만 만나면 전하지요."

"물론 당신은 오겠지요?"

"글쎄요, 가도록 해 보겠습니다. 제가 전화한 용건은……."

"잠깐만요. 확실히 오겠다고 말씀해 주시지요."

"사실은, 사실은, 지금 그리니치에 있는데 일행이 있거든요. 이 사람들은 내일 내가 자기들하고 같이 있기를 바라고 있어요. 물론 최선을 다해서 빠져나오도록 하겠습니다만."

나는 나도 모르게 "흥!" 하는 소리를 내뱉었고, 그의 말투가 신경질적으로 바뀐 것으로 보아 그가 그 소리를 들은 것이 틀림없었다.

"내가 전화를 한 건 거기 두고 온 신발 때문입니다. 수고스럽지 않다면 집사가 그걸 보내 주었으면 하는데요. 테니스 신발인데, 보내 주실 주소는 B. F.……."

나는 수화기를 내려놓았기 때문에 나머지 주소는 듣지 못했다. 장례식 날 아침에 마이어 울프심을 만나기 위해 뉴욕으로 갔다. 그러지 않고서는 그를 만날 방법이 없을 것 같았다. 엘리베이터 안내원이 가르쳐 주는 대로 들어간 문에는 '스와스티카 지주 회사'라는 간판이 붙어 있었고, 그 안에는 아무도 없는 것 같았다. 그러나 칸막이 뒤에서 가벼운 말다툼이 벌어지더니 마침내 유대 인 여자가 나타나 적의를 품은 검은 눈으로 나를 자세히 뜯어보았다.

"아무도 없어요. 울프심 씨는 지금 시카고에 가셨어요."

안에서 누군가가 음정도 틀리게 '로사리오'를 부르기 시작한 것으로 보아 아무도 없다는 말은 거짓임에 틀림없었다.

"캐러웨이란 사람이 좀 만나 뵙고 싶어 한다고 전해 주시오."

"그분을 시카고에서 데려올 순 없잖아요? 그런 태도에는 이제 신물이 났어요. 시카고에 있다고 하면 시카고에 있는 거예요."

나는 개츠비 이름을 댔다.

"어머나! 잠깐만요. 성함이 뭐라고 하셨죠?"

그녀는 안으로 사라졌다. 그러자 곧 마이어 울프심이 나타났다. 그는 점잔 빼는 목소리로 지금은 우리 모두에게 슬픈 때라고 말하면서 나를 사무실로 데려가서는 시가를 권했다.

"그를 처음 만났을 때가 기억납니다. 막 군대에서 제대한 젊은 소령으로 온몸에 전쟁 때 받은 훈장을 가득 달고 있더군요. 형편이 아주 말이 아니어서 계속 군복만 입고 있었소. 사복을 살 만한 돈이 없었거든요. 와인브레너 당구장에 들어와 일자리가 있느냐고 묻더군. 그는 꼬박 이틀 동안 아무것도 먹지 못했다기에 '이리 와 나하고 식사나 합시다' 하고 내가 말했지요. 삼십 분 만에 4달러어치도 넘게 먹어 치우더군."

"선생께서 그에게 사업 자리를 주셨습니까?"

내가 물었다.

"그랬지! 내가 그를 키웠소. 정말 시궁창에서 그를 건져 낸 겁니다. 나는 즉시 그가 신사답고 잘생긴 젊은이라는 걸 알아봤고, 그가 나더러 옥스퍼드 출신이라고 했을 때 나는 그를 잘 써먹을 수 있겠구나 하는 생각이 들었지요. 나는 그를 미국 재향 군인회에 들어가게 했고, 그 친구는 거기서 높은 자리에 있었지요. 우린 모든 일에서 우정이 두터웠지요."

그는 알뿌리처럼 생긴 손가락 두 개를 들어 올렸다. 나는 그런 협력 관계가 1919년 월드 시리즈 때도 계속되었는지 궁금했다.

"이제 그는 죽었습니다. 선생께선 그의 가장 절친한 친구이셨으니 드리는 말씀인데, 오늘 오후에 있는 그의 장례식에 오실 줄로 믿겠습니다."

"나도 가고 싶어요."

"그럼 오십시오."

그의 콧수염이 약간 떨렸고, 머리를 좌우로 흔들자 그의 눈에 눈물이 고였다.

"하지만 그럴 수가 없군요. 그 사건에 말려들고 싶지 않아요."

"말려들고 말고 할 것도 없습니다. 이제 다 끝난 일이니까요."

"사람이 피살된 일엔 어쨌든 끼고 싶지 않소. 물러서 있는 거지요. 젊었을 때는 사정이 달랐어요. 만약 친구가 죽으면 무슨 일이 있어도 정말 끝까지 함께했지요. 당신은 그걸 감상적이라고 할는지 모르지만 정말 그랬소. 쓰라린 최후까지 말이오."

나름대로 이유가 있어서 장례식에 오지 않겠다고 결심했음을 깨닫자 자리에서 일어났다.

"당신은 대학 나왔소?"

그가 갑자기 물었다. 한순간 나는 그가 '거래선' 이야기를 꺼내려고 하는 게 아닌가 생각했지만, 그는 고개를 끄덕거리며 악수를 청할 뿐이었다.

"죽은 뒤가 아니고 살아 있을 때 우정을 보여 줍시다. 친구가 죽은 뒤의 내 규칙은 모든 걸 그냥 내버려 두는 것이오."

그의 사무실에서 나왔을 때는 이미 어두워졌고, 나는 가랑비를 맞으며 웨스트에그로 돌아왔다. 옷을 갈아입은 뒤 이웃집으로 갔더니 개츠 씨가 홀 안을 왔다 갔다 하고 있었다. 아들과 아들의 재산에 대한 자부심이 커져 가던 그는 나에게 무언가를 보여 주려고 했다.

"지미가 이 사진을 나한테 보냈었네. 이것 좀 보게나."

그는 떨리는 손으로 지갑을 꺼냈다. 개츠비의 저택을 찍은 사진이었는데 가장자리가 꺾이고 때가 묻어 있었다. 그는 사진 구석구석을 가리키며 열심히 설명했다.

"지미가 이걸 나한테 보내 줬단 말일세. 참 근사한 사진이지. 아주 잘 나왔어."

"정말 잘 나왔네요. 최근에 만나 보신 적이 있었습니까?"

"두 해 전에 와서 내가 지금 살고 있는 집을 사 주었지. 그놈이 집을 나갔을 땐 우리 집 꼴이 말이 아니었지만, 집을 나간 데는 그럴 만한 까닭이 있었다는 걸 이제 알겠어. 그 애는 자기에게 밝은 미래가 있다는 걸 알고 있었던 게야. 출세하고 난 뒤로 그 애는 나한테 아주 잘해 주었다네."

그는 사진을 치우는 것이 내키지 않는지 머뭇거리며 잠시 내 눈앞에서 그대로 들고 있었다. 그러더니 지갑에 다시 사진을 넣고는 호주머니에서 겉장에 '호펄롱 캐시디'라고 쓰여 있는 누더기 같은 책을 꺼냈다. 그는 뒤표지를 펼쳐 내가 볼 수 있도록 책을 돌렸다. 아무것도 인쇄되어 있지 않은 마지막 페이지에는 '계획표 – 1906년 9월 12일'이라고 적혀 있었다.

기상 ·························	오전 6:00
아령 들기와 벽 타기 ······ ·········	오전 6:15~6:30
전기학 및 기타 공부 ·············	오전 7:16~8:15
일 ··················	오전 8:30~4:30

야구와 스포츠 ··························	오후 4:30~5:00
연설 연습, 자세 연습 ··················	오후 5:00~6:00
발명에 관한 공부 ·····················	오후 7:00~9:00

결심

새프터스나 또는 XXX(이름을 읽을 수 없다)에서 시간을 낭비하지 말 것.

궐련과 씹는담배를 삼갈 것.

이틀에 한 번씩 목욕할 것.

매주 유익한 책이나 잡지를 한 권씩 읽을 것.

매주 5달러(줄을 그어 지웠다) 3달러씩 저축할 것.

부모님 말씀을 잘 들을 것.

"우연히 발견했네. 이 정도면 지미가 어떤 녀석인지 짐작할 수 있을 테지."

"네, 짐작됩니다."

"지미는 꼭 출세할 애였어. 언제나 이런 결심을 하고 있었거든. 자기 계발을 하려고 얼마나 노력했는지 아나? 언젠가 나더러 개처럼 더럽게 먹는다고 하길래 때린 적도 있다네."

3시가 조금 못 되어 루터교 목사가 도착했고, 나는 무심결에 다른 차들이 왔나 하고 창밖을 내다보았다. 시간이 흘러 하인들이 들어와 홀 앞에서 기다리고 서 있자, 노인의 눈은 불안하게 깜박거리기 시작했고 걱정스럽고 자신 없는 목소리로 비를 탓했다. 목사는 몇 번이고 시계를 들여다보았고, 그래서 나는 그를 옆으로 데리고 가 삼십 분만 더 기다려 달라고 부탁했다. 그러나 쓸데없는 짓이었다. 아무도 오지 않았다.

5시쯤 자동차 석 대의 장의 행렬이 제법 굵은 가랑비를 맞으며 묘지에 도착하여 그 입구에 멈췄다. 맨 앞에는 섬뜩할 만큼 색이 검고 비에 젖은 영구차가, 그다음에는 개츠 씨와 목사와 내가 탄 리무진이, 그리고 네댓 명의 하인과 웨스트에그에서 온 우편배달원 한 명이 개츠비의 스테이션왜건을 타고 비에 흠뻑 젖은 채 도착했다. 우리가 문을 통과해 묘지 안으로 들어갈 때 차 한 대가 멈추더니, 질퍽한 땅에 고여 있는 물을 튀기면서 우리를 뒤따라오는 소리가 들렸다. 그는 석 달 전 어느 날 밤 개츠비의 서재에 꽂힌 장서를 보고 놀라워하던 올빼미 눈 모양의 안경을 낀 사람이었다.

그 후로는 그를 만난 적이 없었다. 그가 어떻게 장례식이 있다는 것을 알았는지 알 수 없었다. 비가 그의 두꺼운 안경에 퍼부었고, 그는 개츠비의 무덤을 가린 천막이 벗겨지는 깃을 보기 위해 안경을 벗어서 닦았다. 나는 그때 개츠비에 관해서 잠깐 생각해 보려고 했지만 그는 이제 너무 먼 곳에 있었다. 데이지가 조문 전보도, 조화도 보내오지 않았다는 사실에 아무런 분노도 느끼지 않았다. 올빼미 눈이 묘지 입구에서 나에게 말을 걸었다.

"집에는 가 보질 못했네요."

그가 말했다.

"아무도 찾아오지 않았습니다."

"저런! 맙소사, 그럴 수가 있나! 몇백 명이나 그 집에 드나들었는데."

그는 안경을 벗어 다시 한 번 닦았다.

"불쌍한 놈 같으니라고."

개츠비가 죽은 뒤 동부가 끊임없이 내 머릿속에 떠오르곤 했고, 내 힘으로는 바로잡을 수 없을 만큼 뒤틀려 있었다. 그래서 푸른 연기 같은 연약한 나뭇잎들이 공중에 나부끼고, 바람이 불어와 빨랫줄에 걸린 젖은 옷이 뻣뻣해질 무렵 나는 고향으로 돌아가기로 결심했다. 떠나기 전에 해야 할 일이 하나 있었는데, 그냥 내버려 두는 게 더 좋을 것 같은 어색하고 불쾌한 일이었다.

나는 조던에게 지금까지 있었던 일에 대해 이야기했고, 그녀는 가만히 귀를 기울였다. 내가 이야기를 모두 마쳤을 때, 그녀는 아무 설명도 없이 다른 남자와 약혼했노라고 말했다. 비록 그녀가 고개만 까딱해도 결혼하려 할 남자가 몇 명 있기는 했지만 어쩐지 의심스러웠다. 그래도 짐짓 놀라는 척했다. 나는 잠시 실수를 저지르고 있는 게 아닌가 싶어 다시 한 번 빠르게 생각해 보았지만, 결국 작별 인사를 하기 위해 자리에서 일어섰다.

"당신은 나를 걷어차 버렸어요. 전화로 나를 걷어찼단 말이에요. 지금은 당신한테 털끝만큼도 관심 없지만, 그때는 그런 일을 겪어 본 적이 없어서 한동안 어지럽더군요."

우리는 악수를 했다.

"아 참, 기억하세요? 자동차 운전에 관해서 우리가 주고받던 대화 말이에요."

"그럼요. 정확하지는 않지만."

"부주의한 운전자는 또 다른 부주의한 운전자를 만나기 전까지만 안전하다고 당신이 그랬지요? 그래요, 나는 그런 부주의한 운전자를 만났어요. 안 그런가요? 그런 헛된 추측을 하다니, 나도 참 성급했지요. 난 당신이 정직하고 솔직한 사람이라고 생각했어요. 그게 당신의 비밀스러운 긍지라고요."

"난 서른 살이요. 스스로에게 거짓말을 하고 그것을 명예로 생각하기에는 난 당신보다 다섯 살이나 많소."

그녀는 아무 대답도 하지 않았다. 화도 나고, 얼마쯤은 그녀에게 사랑을 느끼는 한편 몹시 후회도 하면서 나는 발길을 돌렸다.

10월이 끝나 가던 어느 날 오후, 나는 톰 뷰캐넌을 만났다. 그는 민첩하고 공격적인 걸음걸이로 5번가를 걸어가고 있었다. 그를 따라잡지 않으려고 내가 발걸음을 늦추고 있을 때, 그는 걸음을 멈추더니 보석상 진열장 안을 눈을 찡그리며 들여다보기 시작했다. 그러다가 갑자기 나를 보고 뒤돌아 걸어와 내게 손을 내밀었다.

"무슨 일인가, 닉. 나와 악수하는 게 싫은가?"

"그래, 자네를 어떻게 생각하고 있는지 잘 알고 있을 텐데."

"닉, 자네 미쳤군. 이만저만 미친 게 아니야. 자네가 왜 그러는지 모르겠는걸."

나는 따지듯 물었다.

"톰, 그날 오후 윌슨에게 뭐라고 했나?"

그는 아무 말 없이 나를 응시했고, 나는 윌슨의 행방이 묘연했던 시간에 대해 내 추측이 옳았음을 깨달았다. 나는 돌아서서 다시 걷기 시작했지만 그가 따라와서 팔을 붙잡았다.

"사실대로 얘기해 줬지. 막 외출하려는데 그가 나타났어. 그래서 난 사람을 시켜 집에 없다고 전했지만 그는 막무가내로 위층으로 올라오려고 했지. 내가 그 자동차의 임자를 말해 주지 않으면 금방이라도 나를 죽이고 남을 만큼 미쳐 있었어. 집 안에 있는 동안 그의 손은 줄곧 호주머니 속에 있는 권총을 만지

작거렸단 말이야."

그는 도전적인 태도로 갑자기 말을 멈췄다.

"내가 말해 준 게 어쨌다는 건가? 그 녀석은 그래도 싸. 데이지를 속인 것처럼 자네도 속인 거야. 하지만 배짱 두둑한 친구라는 건 인정하지. 개를 치듯 머틀을 치고도 차를 멈추지 않았으니 말이야."

그것이 진실이 아니라고 도저히 말할 수 없는 그 사실 하나를 제외하고는 더 이상 내가 할 수 있는 말은 아무것도 없었다.

"나 나름대로 괴로워하지 않았다고 생각한다면, 이보게, 아파트를 넘기러 가서 그 빌어먹을 개 비스킷이 찬장 위에 있는 걸 보고 어린애처럼 엉엉 울었다네. 맙소사, 정말 끔찍했어."

모든 것이 뒤죽박죽이었다. 톰과 데이지, 그들은 경솔한 인간이었다. 물건이든 사람이든 부숴 버리고 난 뒤, 뒤로 물러나서 자기들이 만들어 낸 쓰레기를 다른 사람들이 치우도록 하는 족속이었다.

내가 떠날 때 개츠비의 집은 여전히 텅 비어 있었다. 그 집의 잔디도 우리 집 것처럼 자랄 대로 자라 있었다. 택시 기사는 저택 대문을 지나서 차를 잠깐 세운 다음, 집 안쪽을 가리키고 나서야 요금을 받았다. 어쩌면 그는 사건이 일어났던 밤 데이지와 개츠비를 태우고 이스트에그에 갔던 운전사였고, 그 사건에 관해 자기 나름대로 이야기를 꾸며 냈을지도 모른다.

나는 토요일 밤을 뉴욕에서 보냈다. 개츠비가 열었던 그 황홀한 파티가 나에게는 너무 생생하여 음악 소리와 끊임없는 웃음소리, 차도를 오르내리던 자동차 소리가 여전히 들리는 듯했기 때문이다. 어느 날 밤 나는 실제로 자동차 소리를 들었고, 헤드라이트 불빛이 앞쪽 계단을 비추고 있는 것을 보았다. 아마도 그는 지구의 맨 끝에 가 있다가 파티가 끝난 줄 모르고 찾아온 마지막 손님이었을 것이다.

이제 해변에 늘어선 별장들은 대부분 문이 닫혀 있었고, 해협을 가로질러 가는 나룻배의 희미한 불빛을 제외하고는 그 어떤 불빛도 찾아보기 어려웠다. 그리고 달이 점점 높이 떠오르면서 쓸모없는 집들이 녹아 없어져 버리자, 서서히 옛날 네덜란드 선원들의 눈에 한때 꽃처럼 찬란히 떠올랐던 옛 섬이 어떤 곳이었는지 깨닫게 되었다. 이 섬이야말로 신세계의 싱그러운 초록빛 가슴이었다. 이 섬에서 사라진 나무들, 개츠비의 저택에 길을 내준 나무들은 한때 인간이 가졌던 모든 꿈 중 마지막이자 가장 위대했던 꿈에 대해 소곤거리며 유혹했던 것이다. 덧없이 흘러가 버리는 매혹적인 한 순간, 인간은 이 대륙을 바라보며 틀림없이 숨을 죽였을 것이다. 나는 그곳에 앉아 오랜 미지의 세계를 곰곰이 생각하면서 개츠비가 부두 끝에 있는 데이지의 초록색 불빛을 처음 찾아냈을 때 느꼈을 경이감에 대해 생각해 보았다. 그는 이 푸른 잔디밭을 향해 머나먼 길을 달려왔고, 그의 꿈은 너무 가까이 있어 금방이라도 붙잡을 수 있을 것 같았으리라. 그 꿈이 이미 그의 뒤쪽에, 공화국의 어두운 벌판이 밤하늘 아래 펼쳐진 도시 저쪽의 광막하고 어두운 곳에 가 있다는 사실을 그는 미처 알아차리지 못했던 것이다.

개츠비는 그 초록색 불빛을, 해마다 우리 눈앞에서 뒤쪽으로 물러가고 있는 극도의 희열을 간직한 미래를 믿었을 것이다. 내일 우리는 좀 더 빨리 달릴 것이고, 좀 더 멀리 팔을 뻗칠 것이다. 그리고 어떤 맑게 갠 아침에는…….

그렇게 우리는 물길을 거스르는 배처럼 끊임없이 과거로 떠밀려 가면서도 앞으로 계속 전진할 것이다.

위대한 개츠비

◆ **작품 소개**

20세기 미국 문학을 대표하는 가장 뛰어난 소설

《위대한 개츠비》는 미국의 작가 F. 스콧 피츠제럴드가 1925년에 발표한 소설이다. 출간하자마자 문단의 격찬과 함께 독자들의 뜨거운 호응을 얻은 이 작품은 오늘날까지 20세기 미국 문학을 대표하는 가장 뛰어난 소설로 꼽히고 있다.

제1차 세계 대전이 끝난 후 미국 경제는 두드러지게 활기를 띠었다. 사람들은 물질적 풍요를 누리면서도 한편으로는 정신적 공허감에 시달렸다. 그때까지 미국 사회를 지탱해 오던 윤리가 경제 성장과 더불어 급속도로 해체되어 버렸기 때문이다.《위대한 개츠비》에는 그러한 1920대의 사회상이 실감 나게 그려졌으며, 개츠비를 비롯한 인상적인 등장인물을 통해 풍요의 밝은 빛 뒤에 드리운 어두운 그림자를 선명하게 대비시키고 있다.

작가는 이 소설에서 단순히 시대 분위기를 재현하는 것뿐 아니라, 비극적인 삶을 견디게 하는 가치에 대해서도 질문을 던지고 있다. 작품 속에서 개츠비는 맹목적이랄 수밖에 없는 사랑에 모든 것을 거는데, 그것은 고독하고 의미 없는 삶을 지탱하기 위한 몸부림에 다름 아니다. 그럴싸하지만 실상은 공허한 삶에서 어떤 가치를 추구하며 살 것인가? 작가는 오늘날《위대한 개츠비》를 읽는 모든 독자에게도 같은 질문을 던지고 있다.

◆ 줄거리

부유한 캐러웨이 집안에서 태어난 나(닉)는 고향 중서부를 떠나 동부로 와서 증권업에 종사하게 되었다. 뉴욕 근교 웨스트에그에 집을 얻은 나는 옆집에 개츠비라는 백만장자가 살고 있다는 것과, 친척 여동생 데이지의 남편 톰이 바람을 피운다는 사실을 알게 되었다.

개츠비 저택에서는 밤마다 화려한 파티가 열렸고, 개츠비의 초대로 그 파티에 참석한 나는 개츠비가 오래전 연인이었던 데이지를 아직도 잊지 못하고 있음을 알게 되었다. 개츠비와 데이지는 서로 사랑하는 사이였지만 결국 가난 때문에 헤어졌고, 그 뒤로 개츠비는 갖은 수단과 방법으로 많은 재산을 모아 큰 부자가 되었다는 것이다. 나는 첫사랑을 되돌리려는 개츠비의 순수

함에 감동을 받아 그와 데이지의 만남을 주선해 주었다.

　데이지가 개츠비 때문에 마음이 흔들릴 때, 톰이 그녀와 개츠
비 사이를 알게 되고 크게 분노했다. 그런 와중에 데이지가 운
전하던 차가 톰의 애인 머틀을 치게 되고, 톰이 그 혐의를 개츠
비에게 뒤집어씌우는 사건이 벌어졌다. 광분한 머틀의 남편에
게 개츠비가 무참히 살해되자, 나는 쓸쓸한 개츠비의 장례식에
참석한 뒤 고향으로 돌아가기로 결심을 했다.

◆ **등장인물 소개**

제이 개츠비_ 이 소설의 주인공으로, 가난하다는 이유로 데이지와
헤어진다. 그 뒤 크게 성공한 그는 첫사랑을 되찾겠다는 꿈을 이루
기 위해 모든 것을 바친다. 그러나 자신의 꿈에 한 발짝 다가섰다
고 생각한 순간, 자동차 사고에 휘말려 쓸쓸하게 죽음을 맞는다.

닉 캐러웨이_ 데이지의 먼 친척 오빠이며 톰과는 대학 동창이다. 이
웃집에 이사 온 인연으로 개츠비와 친하게 지낸다. 개츠비의 순수
한 이상과 꿈에 감동하여 데이지와의 재회를 돕는다. 개츠비가 비
참하게 죽었을 때 장례를 치러 주는 등 끝까지 그의 곁을 지킨다.

데이지_ 집안의 반대로 개츠비와 헤어진 뒤 부자인 톰 뷰캐넌과 결
혼한다. 개츠비가 매력적인 백만장자가 되어 나타나자 흔들리기

시작한다. 머틀 윌슨을 차로 치어 죽이게 되자, 자신의 죄를 개츠비에게 덮어씌운 뒤 남편에게 돌아간다.

톰 뷰캐넌_ 데이지의 남편으로 거만한 성격을 지닌 부자이다. 아내를 두고도 바람을 피우는 데, 개츠비를 자기 애인인 머틀 윌슨을 죽인 범인으로 몰아 죽음에 이르게 한다.

조던 베이커_ 골프 챔피언으로 데이지와는 어렸을 때부터 함께 자란 사이이다. 닉과 연인 관계이지만, 개츠비의 죽음으로 혼란스러워하는 그를 이해하지 못하고 떠나 버린다.

머틀 윌슨_ 윌슨의 아내로 자동차 정비소를 하는 남편 몰래 톰과 사귄다. 질투심이 강한 성격이며, 데이지가 운전하는 차에 뛰어들어 죽음을 맞는다.

윌슨_ 자동차 정비소를 하는 머틀의 남편이다. 아내에게 쥐여살다가 뒤늦게 아내의 애정 행각을 알게 된다. 머틀이 죽은 뒤 그 상대방을 개츠비로 오해하여 총으로 쏘아 죽인다.

◆ **들어가기**

　‘위대한 미국 소설’을 말할 때마다 비평가들과 학자들이 약방의 감초처럼 자주 입에 올리는 작품이 몇 편 있다. 그중의 하나가 바로 F. 스콧 피츠제럴드(1896~1940)의 《위대한 개츠비》(1925)다. 몇 해 전 뉴욕의 랜덤 하우스 출판사의 편집 위원회는 20세기에 영어로 쓰인 가장 위대한 소설을 선정한 적이 있다. 이때 아일랜드 태생의 영국 작가 제임스 조이스의 《율리시스》를 첫 번째로 꼽았고, 피츠제럴드의 《위대한 개츠비》를 두 번째로 꼽았다. 그러니까 20세기에 출간된 미국 소설로는 이 작품이 단연 첫 손가락에 꼽힌 셈이다. 실제로 이 소설을 빼놓고 현대 미국 소설을 이야기하기란 이제 거의 불가능하게 되었다. 한 비평가는 이 작품을 두고 아예 ‘미국 문학의 영원한 기념비’니 ‘국보급의 작품’이니 하고 부르기까지 한다.

　가령 T. S. 엘리엇은 ‘헨리 제임스 이후 미국 소설이 내디딘 첫

걸음'이라고 칭찬을 아끼지 않았다. 또 〈뉴욕 타임스〉는 '하나의 위대하고도 기괴한 스펙터클로 현대 미국의 초상을 그려 냈다. 현실을 바라보는 피츠제럴드의 시선은 다른 어느 작품에서보다 깊고 날카로우며, 형식미는 완벽에 가깝다.'고 평하였다.

피츠제럴드는 작품의 주제가 지나치게 남녀의 애정과 물질적 성공에 국한되어 있다는 비판을 가끔 받는다. 그러나 이러한 비판에 대하여 그는 "맙소사! 그것이 나의 소재이고, 그것이 내가 다뤄야 하는 모든 것이다."라고 밝힌 적이 있다. 이렇듯 피츠제럴드는 처음부터 소설가로서 자신이 다룰 소재를 분명히 알고 있었다. 소설가에게 문제가 되는 것은 어떤 소재를 다루느냐가 아니라 그 소재를 어떻게 다루느냐 하는 것이다. 피츠제럴드는 자신이 삶에서 가장 관심을 기울여 온 소재를 택하여 그것을 설득력 있게 소설 작품으로 형상화했던 것이다.

◆ **작품의 배경과 내용**

《위대한 개츠비》는 마치 시대 의상처럼 제1차 세계대전 직후 미국의 사회상을 고스란히 보여 준다. 피츠제럴드만큼 제1차 세계대전 직후의 미국의 삶을 실감나게 표현한 작가도 아마 찾아보기 쉽지 않을 것이다. 그를 두고 흔히 '재즈 시대의 왕자'로 일컫는다. '재즈 시대'란 바로 인류 역사에서 그 유례를 찾을 수 없는 세계 대전을 겪은 뒤 미국인들이 서구 문명 자체에 깊은 회의를 보이면서 재즈 음악에 심취하던 1920년대를 가리키는 말이다. 이 '재즈 시대'와 관련하여 피츠제럴드는 어느 한 작품에서 '그것은 기적의 시대였고, 그것은 예술의 시대였고, 그것은 과도의 시대였고, 그것은 풍자의 시대였다.'고 밝힌 적이 있다.

제1차 세계대전이 끝난 뒤 한바탕 전쟁을 치른 유럽과는 달리 미국은 그 어느 때보다도 경제적으로 눈부신 성장을 이루었다. 특히 상류 계층에게는 재산 증식을 위한 최고의 시대였다. 한편 이러한 경제 성장의 그늘에는 도덕적 타락과 부패가 독버섯처럼 자라고 있었다. 톰 뷰캐넌과 제이 개츠비가 타고 다니는 번쩍거리는 고급 승용차, 개츠비가 주말마다 벌이는 사치스런 파티, 마치 '불빛을 좇는 부나비처럼' 환락과 쾌락을 찾아 헤매는 젊은이들, 톰과 데이지가 보여 주는 도덕적 혼란과 무질서와 무책임은 바로 전쟁이 끝난 뒤 방향 감각을 상실한 채 방황하던 이 무렵의 시대적 분위기를 잘 반영한다.

피츠제럴드의 한 단편 소설의 제목 그대로 이 무렵의 미국은 말하자면 '현대판 바빌론'이라고 할 수 있을 것이다. 톰의 저택이나 개츠비의 파티처럼 겉으로는 우아하고 고상하며 화려하지만 한 꺼풀만 벗겨 놓고 보면 탐욕과 이기와 정신적 공허감이

뱀처럼 도사리고 있다.

《위대한 개츠비》는 1920년대의 시대적 분위기를 성공적으로 표현한 작품일 뿐만 아니라 더 나아가 삶의 보편적 진리를 형상화하는 데에도 성공을 거둔 작품이다. 이 작품과 관련하여 1924년 피츠제럴드는 뉴욕 찰스 스크리브너스 선스 출판사 편집자인 맥스웰 퍼킨스에게 보낸 한 편지에서 '마침내 참으로 내 작품이라고 할 그 무엇을 썼다.'고 자신만만하게 밝힌 적이 있다. 또 다른 편지에서도 '나는 새로운 그 무엇 — 색다르고 아름답고 단순한 것 말고도 정교하게 고안한 그 무엇을 쓰고 싶다.'고 밝혔다.

《위대한 개츠비》는 그 제목에서 엿볼 수 있듯이 제이 개츠비라는 한 젊은이의 낭만적인 삶을 다룬다. 가난한 중서부 출신인 그는 켄터키 주 캠프 테일러에서 장교로 근무하던 중 미모의 여성 데이지를 만나 사랑하게 된다. 그러나 미국이 제1차 세계대전에 참가하면서 그는 유럽 전선으로 떠나고 데이지는 연인을 떠나보낸 슬픔도 잠시 곧 시카고 출신의 돈 많은 톰 뷰캐넌과 결혼한다.

그로부터 5년 뒤 휴전과 더불어 귀국한 개츠비는 데이지가 이미 남의 아내가 된 사실을 알게 되지만 첫사랑을 다시 찾기 위하여 갖은 수단과 방법으로 많은 재산을 모은다. 여성 편력이 많은 톰에게는 머틀 윌슨이라는 정부가 있고 데이지는 이 사실을 알고 있으면서도 물질적 풍요와 안락함 때문에 톰의 곁을 떠나지 못한다. 머틀은 데이지가 운전하는 자동차에 치여 사망하고 아내의 외도를 알아차린 윌슨은 아내를 죽인 사람을 찾아 나선다. 머틀을 죽인 것이 개츠비로 착각하고 있는 톰은 윌슨에게 개츠비의 집을 가르쳐줌으로써 연적(戀敵)을 제거할 더할 나위 없이 좋은 기회로 삼는다.

◆ **작품의 중심 주제**

《위대한 개츠비》에서 피츠제럴드가 다루는 주제는 인간의 삶에서 환상과 이상이 얼마나 중요한가 하는 점이다. 작가는 개츠비의 삶을 빌려 이상이나 환상을 지니는 데 바로 삶의 비결이 있으며 오직 이러한 이상이나 환상만이 부조리하고 무의미한 삶에 의미와 질서를 부여해 줄 수 있다는 사실을 보여 준다. 그런데 그 이상과 환상은 데이지의 모습으로 나타난다. 작품 첫 부분에서 닉은 개츠비가 조그만 만(灣) 건너편 데이지의 선착장에 켜 있는 초록색 불빛을 응시하는 모습을 목격한다. 개츠비에게 이 초록색 불빛은 그의 삶에 의미와 질서를 부여해 주는 낭만적 환상이요 이상이다. 그는 질퍽하고 누추한 대지보다는 천상의 아름다운 별을 좇는 낭만적 인물이다.

개츠비가 품고 있는 꿈과 환상은 개인적 차원을 뛰어넘어 좀 더 넓게 국가적 의미를 지니기도 한다. 다시 말해서 그의 꿈과 이상은 상징적으로 '미국의 꿈'으로 이어진다. 벤저민 프랭클린이나 호레이쇼 앨저의 작품에서 엿볼 수 있듯이 '미국의 꿈'이란 미국에서는 근면하고 성실하고 정직하면 누구나 성공을 거둘 수 있다는 믿음이다. 이러한 물질적 성공 신화 때문에 일찍부터 세계 곳곳에서 수많은 이민자들이 미국에 몰려들었던 것이다.

그러나 물질적 성공은 어디까지나 변질된 '미국의 꿈'이거나 기껏해야 그 꿈의 작은 한 모습에 지나지 않는다. 참다운 '미국의 꿈'은 뭐니 뭐니 해도 다분히 정신적인 것이었다. 메이플라워 배에 청교도들을 이끌고 뉴잉글랜드에 도착한 윌리엄 브래드포드가 말하는 '위대한 계획'이 바로 이 꿈의 정수라고 할 수 있다. 세상 사람들이 모두 바라보고 본받을 수 있도록 신대륙에 '언덕 위의 도시'를 세우려는 것이 그 위대한 계획이었다. 그러나 안타깝게도 청교도들의 가슴을 설레게 한 그 초록의 꿈이 몇백 년이 지난 지금 그 빛을 잃어버리고 말았던 것이다.

이 소설의 주인공 제이 개츠비는 바로 변질된 '미국의 꿈'을 상징적으로 보여 준다. 데이지의 사랑을 되찾으려는 그의 꿈은 참으로 순수하였고 낭만적이었으며 이상적이었다. 비록 톰에게 데이지를 빼앗기고 말았지만 그는 지금이라도 그 잃어버린 시간을 되찾을 수 있다는 믿음을 버리지 않는다.

그러나 문제는 개츠비가 데이지를 되찾기 위하여 사용하는 수단과 방법에 있다. 그는 술을 제조하거나 판매를 법으로 금지하는 금주법이 시행되던 시기에 불법으로 밀주를 판매하거나 훔친 채권을 불법으로 판매하거나 도박을 통하여 막대한 재산을 모은다. 전쟁이 끝난 뒤 빈털터리이던 그가 그렇게 짧은 시간 안에 엄청난 재산을 모을 수 있었던 것도 마이어 울프심 같은 조직 폭력배와 손을 잡았기 때문이다. 낭만적 이상주의에 가려 자칫 놓쳐 버리기 쉽지만 개츠비가 실정법을 어긴 엄연한 범법자라는 사실을 잊어서는 안 될 것이다. 개츠비의 이상주의가 물질주의를 그 수단으로 삼으면서 변질되고 타락한 것처럼, 청교도들이 가슴에 품고 있던 '미국의 꿈'도 물질주의와 손을 잡으면서 점점 변질되고 타락할 수밖에 없었다.

F. 스콧 피츠제럴드는 1896년 미국 미네소타 주 세인트폴에서 태어났다. 본명은 프랜시스 스콧 키 피츠제럴드다. 가구업을 하

는 아버지를 따라 이곳저곳 자주 이사하면서 어린 시절을 보냈다. 1913년 프린스턴 대학교에 입학했지만 학업보다는 창작과 연극 등 문학 활동에 적극적이었다. 1917년에 대학을 중퇴하고 미육군에 종군하여 육군보병 소위로 임관하였다. 제1차 세계대전이 휴전한 이듬해 1919년에 제대한 뒤 한때 뉴욕 시에 있는 광고회사에 근무하였다. 1920년 앨라배머 주 대법원 판사 딸인 젤더 세이어와 결혼했지만, 젤더가 낭비벽이 심하고 신경질환을 앓아 결혼 생활은 그렇게 행복하지는 못 하였다.

피츠제럴드는 전쟁 뒤에는 프랑스 파리에서 작품 활동을 하면서 어니스트 헤밍웨이를 비롯한 문인에게 도움을 주었다. 이른바 '길을 잃은 세대' 작가에 속하는 한 사람이다. 생활비를 벌기 위하여 〈새터데이 이브닝 포스트〉 같은 잡지에 상업적인 단편 작품을 많이 썼다. 무려 160편에 달하는 단편 소설을 썼지만 그중에는 보석처럼 빛을 내뿜는 작품이 적지 않다.

피츠제럴드의 작품으로는 《위대한 개츠비》 말고도 《낙원의 이쪽》, 《저주받은 아름다운 사람들》, 《밤은 부드러워》, 그리고 미완성 소설 《마지막 거물》이 있다. 또한 《채소》라는 장편 희곡 작품 한 편이 있다. 피츠제럴드는 1940년 로스앤젤레스에 있는 연인 셰일러 그레이엄의 집에서 심장마비로 사망하였다.